日雇い浪人生活録⑫

金の妬《と》心《しん》

上田秀人

時代小説文庫

角川春樹事務所

目次

江戸のお金の豆知識⑬

江戸を代表する株仲間と冥加金

江戸期、大都市に安定した需要が生まれ様々な商品の流通量が増加し、問屋業が発達。商業・運輸・金融・サービス等の第三次産業が盛んとなり、享保期に生活必需品を扱う業種の問屋に、「株仲間」と呼ばれる幕府公認の同業組合が定められた。仲間内での競争と株仲間以外の同種営業は禁じられ、株仲間ごとに冥加《みょうが》金・運上《うんじょう》金を上納。田沼時代はとくに、幕府の収入増加を目的に広範囲で株仲間が結成された。

問屋名	株仲間軒数	冥加金（一軒当たり負担金）
木綿問屋	44	1,000（約23）両
呉服問屋	55	500（約9）両
繰綿《くりわた》*問屋	70	1,000（約14）両
真綿問屋	33	500（約15）両
下り酒問屋	38	1,500（39）両
醤油酢問屋	85	300（約4）両
水油問屋	21	500（約24）両
瀬戸物問屋	36	200（約6）両
釘鉄銅物問屋	65	400（約6）両
定飛脚問屋	1	50（50）両

＊繰綿：実綿から種子を除いた未精製の綿で、木綿織物や布団綿の原料

※この表は、『白木屋文書　問屋株帳』（石井寛治、林玲子・編）などをもとに作成したものです。同じ資料から事例を拾うのは困難であるため、複数の資料を参考としました。

日雇い浪人生活録㊂

金の妬《と》心《しん》

上田秀人

時代小説文庫

角川春樹事務所

主な登場人物

諫山左馬介《いさやまさまのすけ》……日雇い仕事で生計を立てていたが、分銅屋仁左衛門に仕事ぶりを買われ、月極で用心棒に雇われた浪人。甲州流軍扇術を用いる。

分銅屋仁左衛門《ふんどうやにざえもん》……浅草に店を開く江戸屈指の両替商。夜逃げした隣家(金貸し)に残された帳面を手に入れたのを機に、田沼意次の改革に力を貸すこととなった。

喜代《きよ》……分銅屋仁左衛門の身の回りの世話をする女中。少々年増だが、美人。

徳川家重《とくがわいえしげ》……徳川幕府第九代将軍。英邁ながら、言葉を発する能力に障害があり、側用人・大岡出雲守忠光を通訳がわりとする。

田沼主殿頭意次《たぬまとのものかみおきつぐ》……亡き大御所・吉宗より、「幕政のすべてを米から金に移行せよ」と経済大改革を遺命された。実現のための権力を約束され、お側御用取次に。

村垣伊勢《むらがきいせ》……田沼の行う改革を手助けするよう吉宗の命を受けたお庭番四人組の一人。柳橋芸者に身をやつし、左馬介の長屋の隣に住む。

(芸者加壽美《かすみ》)

布屋《ぬのや》の親分……南町奉行所同心・東野市ノ進から十手を預かる御用聞き。

表デザイン　五十嵐　徹
（芦澤泰偉事務所）

日雇い浪人生活録㈩

金の妬心《としん》

第一章　無理への返答

一

売れっ子芸者というのは、忙しい。

とくに三味線《しゃみせん》や踊り、謡《うた》いなど本式の芸ごとで人気の芸者は、次から次へとお座敷がかかる。

もちろん、客とすぐに懇《ねんご》ろな仲になる枕《まくら》芸者も人気だが、それでも床《とこ》をするとなるとどうしても半刻《はんとき》（約一時間）はかかるうえ、そのままの状態で次の客の枕頭《ちんとう》に侍《はべ》るというわけにはいかず、身をあていど清めるという手間がかかる。となれば、一日に回れる座敷には限界があった。

「最初に一節唄《ひとふしうた》ってくれるだけでよい」

「宴席の途中で中座も許すゆえ」

柳橋《やなぎばし》芸者の加壽美《かすみ》は、一日に五つも六つもの座敷から呼ばれた。

いうまでもなく、今までの贔屓《ひいき》具合、つきあいの深さで最初から最後までいるか、本当に顔だけ見せてひとさし舞うだけで終わらせるかは変わってくるが、客の要望に応えようとするお茶屋が走り回るほど忙しかった。

「姐《ねえ》さん、申しわけない。明日が十日に一度の休みと知っているけれど、田仲屋《たなかや》さまがどうしても加壽美姐さんを呼べと言われてなあ。助けると思ってお願い出来ないか」

長屋まで来た茶屋の男衆が加壽美へ手を合わせて見せた。

「勘弁してくださいな。十日に一度の休みは、なんのために取っているのかはおわかりのはず。御贔屓さまのおかげで忙しゅうさせてもらっておりますが、三味線、踊りの稽古《けいこ》をするためのもの。本来ならば、毎日積み重ねていくのが稽古。毎日してもなかなか技はあがりません。それを十日に一度でなんとか腕の落ちぬようにしようと一生懸命に稽古を積むための日」

加壽美が断りを口にした。

「わかっているとも。姐さんの努力はよく知ってます。それをわかったうえでの無理願いなんだよ。田仲屋さまは、うちのお茶屋が暖簾《のれん》をあげたときからの御贔屓でね。本当にお世話になっているんだよ」

「帯久《おびきゅう》さん、そちらさまがどれだけお世話になっておられるのか、あたしにどういう関係がござんすか」

しつこい男衆に加壽美が冷たく言い返した。

「それはないだろう、姐さん。同じ柳橋で生きている者同士。助け合うのが筋というものじゃないか」

「助け合う……おもしろいことを。柳橋の者だったら、いつでも帯久さんを頼っていいのでござんすね。いやあ、よござんした。あたいの姉芸者で病を得て半年ほど寝付いておられるお方がおられましてね。後ほど、帯久さんへお連れします。きっちり治るまで面倒を見てくださるでしょうね」

「……それはっ」

男衆が詰まった。

「ということで、お帰りくださいな。これから三味の稽古にいきますので」

追い払うように加壽美が男衆を急《せ》き立てた。

「……いい気になるなよ」

男衆の雰囲気が柄《がら》の悪いものへと一変した。

「少し前から気に入らねえと思ってたんだがよ。ちいとお面がいいからって、図に乗るんじゃねえぞ。どんな別嬪《べっぴん》でもあと数年もすりゃあ、立派な年増《としま》だ。新しい若い芸妓《げい》に贔屓を獲《と》られて、芸じゃなくて身体《からだ》を売る羽目になるんだ。ならば……今から慣れておくべきだろう」

「なにをしようと言うんだい。下手《へた》なまねは柳橋止めになるだけさな」

近寄ってくる男衆に加壽美が強気に応じた。

「うるさい。その前におまえがおいらの女になったと言いふらしてくれる。同じ河岸《かし》の男と女のかかわりは御法度《ごはっと》だ。おいらも柳橋を追放されるが、おめえも無事ではすむめえ」

男衆が芸妓に手を出すことは、商家奉公人が店の品物を横領するのと同じで、大罪になる。普通の奉公人ならば自身番へ突き出され、身請《みう》け保証人を呼び出して辞めさせた。ただ、人の数にも数えられない花街の男衆の場合は、身請け保証人なんぞいない。すべては己《おのれ》が被《かぶ》ることになる。さすがに殺すことはないが、不始末をしましたという回状付《かいじょう》で放逐《ほうちく》された。この回状が出たならば、少なくとも江戸、京、大坂での生活は出来なくなる。人殺しでさえ受け入れる吉原《よしわら》の忘八《ぼうはち》でも、売りものの妓《おんな》に手出しした者は認めない。

「このあたしを汚《けが》そうってかい。なめるんじゃないよ」

脅しをかけた男衆を加壽美が大声で怒鳴った。

これが脅しになるのは、芸妓にとって男は得になるものでなければならないからだ。それが得になるどころか、紐《ひも》と呼ばれる壁蝨《だに》のような男とくっついた芸者は一気に評価が下がる。

「ああ、もう呼ばなくていいよ」

まず客が離れる。どれほど芸が気に入っていても男の客のなかにはあわよくばという女への期待がある。それが破れてしまえば興味が薄れるのは当然である。なにより男が碌《ろく》でもないのだ。芸者の仕事に穴を空ける、無茶な借金をさせるなど平気でする。そうなれば、どれだけ一流の芸者でも危なくて客商売には使えなくなった。

「きゃあ」

「……やかましいなあ」

隣の長屋で用心棒先の宿直《とのい》をすませ、戻って寝床へ入ったばかりの浪人諫山《いさやま》左馬介《さまのすけ》が、文句を言いながら、目を覚ました。

「隣か」

左馬介は加壽美の正体がお庭番村垣伊勢《にわばんむらがきいせ》だと知っていた。江戸地回り御用として、市中の噂《うわさ》を集めては将軍へ報告するため、柳橋芸者に身をやつしている。

「男女のもめ事か。勘弁してくれ、こっちは徹夜だというのに……」

苦情を漏らしながらも、一度寝入って目覚めたからか、眠気が飛んでしまった左馬介は、思わず耳をそばだてた。

「なにをするんだい」

「決まってるだろうが、おめえをおいらのものにしてやるぜ」

隣の遣《や》り取りは佳境に入ったようであった。

「馬鹿な男だ。伊勢どのの強さを知らぬ」

股座《またぐら》を蹴り潰《つぶ》されて悶絶《もんぜつ》する男の姿を想像して、左馬介は憐《あわ》れんだ。

「……さて」

もう一度寝直そうとした左馬介の耳に、切羽詰まった村垣伊勢の声が聞こえた。

「やだっ、嫌だ」

「…………」

左馬介は怪訝《けげん》な顔をした。

女お庭番村垣伊勢は、敵をくびり殺して平然としていた。武術の腕も左馬介とは位が違う。多少腕に覚えのあるくらいの馬鹿男なら、息を吸うより簡単に制圧出来る。

その村垣伊勢がか弱い女になっている。

「……あっ」

左馬介は気づいた。

この長屋で加壽美が村垣伊勢だと知っているのは、己だけだということに。

「いかん」

ここでもし加壽美が男を制圧したとあれば、近隣の目が変化する。芸者が武芸者だったとわかって、今までと同じようなつきあいが出来るはずはない。

眠たさのあまり衣服を身につけていたのが幸いであった。さすがに女の危機に褌《ふんどし》一つで駆けつければ、今度はこちらが痴漢扱いを受けることになる。

「なにやつ」

わざと大声をあげながら、左馬介は隣の長屋へ乱入した。

「誰だっ」

村垣伊勢こと加壽美を押さえこもうとしていた男衆が、左馬介の登場に振り向いた。

「狼藉者《ろうぜきもの》め。加壽美どのから離れよ」

「やかましい。てめえこそ、さっさと出ていけ。こっちの取りこみにかかわりねえ」

「諫山さま、助けてくださいまし」

「……大事ないか、加壽美どの」

泣きそうな声を出している村垣伊勢に違和を感じながら、左馬介が応じた。

「要《い》らぬ手出しをしやがって」

後からでも女一人制圧するのはどうとでもなると、男衆が左馬介に殴りかかった。

「ふう」

多少の修羅場を経験している風であったが、左馬介から見ればまったく意味がない。

左馬介はあきれながら、伸びてきた男衆の腕を摑《つか》むとそのまま脇の下へ抱えこむようにして固めた。

「痛《い》たったった」

男衆が苦鳴《くめい》を漏らした。

「離せ、離せ」

逃れようと暴れる男衆だったが、しっかりと肘《ひじ》を押さえられていては、無駄であった。

「よいしょっ」

固めた肘を利用して、肩の関節にひねりを入れる。軍扇術《ぐんせん》のなかにある型の一つである。刀と戦うのを夢見て先祖が開発した軍扇術は、もともと十手術《じって》、戦国のころ小《こ》具足術《ぐそく》と呼ばれた技をまねしている。

それだけに遠慮がなかった。

「や、やめろ。ほ、骨が折れる」

「骨は接《つ》げば治ろう。おまえがしようとしていたことは、女の操《みさお》を破ることだ。女の操は接げも塞《ふさ》ぎもできんのだ」

左馬介は、男衆に見えないようにあくびをしている村垣伊勢を見ながら、意見をした。

「わかった。わかった。二度とこんなまねはしねえ。だから許してくれ」

男衆が音《ね》をあげた。

「懲《こ》りろよ」

もう一度念を押して左馬介が男衆を離した。

「……くそっ。覚えてやがれ」

そう残すのが決まりのように背を向けて男衆が出ていった。

「助かった。すぐに礼に行く。一度帰っていてくれ」

村垣伊勢がそう言うと天井の梁《はり》へと跳びあがった。

「……剣呑《けんのん》な」

男衆の末期《まつご》を悟った左馬介が身を震わせた。

世間体というのはおろそかにできないなと左馬介は、村垣伊勢の行動から悟っていた。

「浪人者として、拙者《せっしゃ》はどうなのだろう」

すっかり眠気の飛んだ左馬介が、己の長屋で考えこんだ。

浪人とは主《あるじ》を持たない無為徒食の者のことを言う。悪い言いかたをすれば、役立たずであった。

役立たずは言い過ぎではないかと思わないでもないが、実際生きていけるだけの金を稼いでは、働かずごろごろしているだけなので反論はしづらい。

「最近はきちっと仕事をこなしておる」

用心棒として浅草《あさくさ》一の両替商分銅屋《ふんどうや》仁左衛門《にざえもん》のもとで働くようになって、無為に過ごす日はなくなった。

身形《みなり》も分銅屋の女中喜代《きよ》のおかげで、垢《あか》じみたものを身につけることはなく、ちゃんと三度の食事、毎日の風呂《ふろ》とまともな生活を送っている。

「浪人とは言えまい」

そこへ天井から村垣伊勢が落ちるように降ってきた。

「ぐふっ」

腹の上へのしかかられた左馬介がうめいた。

「油断しすぎじゃ」

村垣伊勢が左馬介の額を指で突いた。

「己の棲《す》み家《か》ぞ。獣でも気を抜くわ」

左馬介が抗議した。

「気を抜くから、吾《われ》の危難に気づくのが遅れる」

「助けたのだが……」

苦情を申し立てられた左馬介が抗弁した。

「遅いから、あのような男を上に載せる羽目になった。ああ、厭《いと》わしい」

腹立たしいと村垣伊勢が左馬介の上で跳ねた。

「か、勘弁してくれ」

今度は腹に力を入れていたが、それでも女一人の重みがかかっては厳しい。左馬介が降参した。

「それはなにか、遅れたことを認めると」

「認める。認めるゆえ、退《の》いてくれ」

左馬介がうなずきながら頼んだ。

「ならば許そう。吾は寛大ゆえの」

すっと村垣伊勢が立ちあがった。

「…………」

左馬介はそれに答えなかった。

「さて、おぬしの疑問だがな。世間から見て、おぬしは浪人には違いないが、警戒すべき相手ではない」

「浪人ではないと先ほど言われた気がするが」

「揚げ足を取るな。世間の浪人というのは、金がない、節操がない、法度を守らない、汚らしいだぞ」

村垣伊勢が眉間《みけん》にしわを寄せた。

浪人というのは、両刀を差しているだけの無頼《ぶらい》と同じだと世間は思っている。食い逃げ、強請集《ゆすりたか》りなど日常茶飯事、浅草あたりの屋台で、浪人に嫌な思いをしていない者などいない。

「なるほど。それよりはましと」

「ずいぶんとな」

「それは褒《ほ》められたのか」

左馬介が首をかしげた。

「褒めたぞ。最初のころのおぬしは、浪人だったからな」

「…………」

左馬介が憮然《ぶぜん》とした。

二

結局、帰ってきながら寝ることもなく、左馬介は長屋を出た。

「せめて、湯屋《ゆや》でのんびりしたい」

左馬介は近くの湯屋へと向かった。

「おや、諫山の先生、今日はずいぶんとお早い」

湯屋の番頭が左馬介の姿に驚いた。

「ちょっともめ事に巻きこまれてな、寝そびれた」

左馬介は両刀と鉄扇《てっせん》を番台に預け、衣服を脱いだ。

「お預かりいたしました」

番台の後ろに設けられている棚に、左馬介の両刀と鉄扇を番頭が置いた。

この銭湯も分銅屋仁左衛門の経営であった。もとは浅草門前町に面していた湯屋へ通っていたのだが、そこが左馬介のことで分銅屋仁左衛門に逆らったため、報復代わりにと造られた。

「やっぱり檜《ひのき》は新しくねえとなあ」

江戸の職人は風呂好きである。仕事をしようがしてなかろうが、かならず一日一度は風呂に入る。なかには朝風呂に入ってから仕事に出て、帰りにもう一度汗を落としに寄る者もいる。

当然、風呂にはうるさい。

風呂屋も歴史を重ねると、羽目板や湯船に使っている木も傷む。黒ずんでくるし、清々《すがすが》しかった薫《かおり》も消えてくる。そこに真《ま》っ新《さら》な檜風呂が現れれば、皆そちらに移ってしまう。

なにより資産十万両とも言われる分銅屋仁左衛門である。風呂屋は儲《もう》けを出さなくてもいいのだ。相手になるはずもない。

分銅屋仁左衛門に敵対した風呂屋はあっさりと潰されてしまった。

「金の力というものですよ」

風呂屋が潰れたという話を聞いた分銅屋仁左衛門は平然としていた。

「商いは戦《いくさ》。勝つか負けるか。突き詰めていけば、殺すか殺されるかですよ」

「今の武家には出来ぬまねだな」

嗤《わら》う分銅屋仁左衛門に、左馬介が嘆息《たんそく》した。

乱世の武士は、朝、家を出て、夕に首で帰ってくるのが当たり前だった。それが泰平になり、戦いの場がなくなった。

「泰平において、戦場を忘れず」

幕初はまだ武士にその気概があった。だが、それも二代、三代とは保《も》たなかった。

実際に戦場に出た武士が絶えると、武芸も飾りになる。なにより、命を懸けなくとも禄《ろく》がもらえ、生きていける。

まさに徒食こそ、武士の姿であった。

「よいしょっ」

湯煙のなか、己の場所を定めた左馬介は、床に腰を下ろした。

それこそ己の手の先が見えるか見えないか、湯気に覆われたなかにいればじっとり汗が噴き出てくる。

汗が玉のようになり、身体の表面を流れるのを待って、竹篦《たけべら》でこするようにして身体に付いた垢《あか》を落としていく。

十二分に身体をこそげたら、立ちあがって流し場へと移る。流し場には、天井に近いところから樋《とい》が伸びている。

「頼む」

声をかけて羽目板を叩《たた》く。

「しっかり構えておけよ」

なかから応答とともに、樋を伝わってお湯が流れてくる。

「おうよ」

さっと手桶《ておけ》を差し出し、お湯を受け取った左馬介が水を加えて温《ぬる》めて身体にかける。

この遣り取りを数回繰り返して、汗と垢を落とす。

「……さて」

十二分に蒸し風呂を堪能《たんのう》した左馬介は、衣服を着直すと湯屋の二階へと上がった。

湯屋の二階は、湯疲れを癒やすための場所であった。湯屋によっては二階を使うのに四文とか十文とかを徴集するところもあるが、分銅屋の店は無料であった。上がれば、自前で給しなければならないが湯茶があり、将棋盤、碁盤、黄表紙《きびょうし》などが置いてあった。

もちろん、将棋盤を挟んで対峙《たいじ》している客もいるが、多くは寝転がって床に顔を押しつけていた。

「後がたいへんだろうに」

その様子に左馬介が苦笑した。

湯屋の二階、その床には一寸五分（約四・五センチメートル）四方の穴が空いている。その穴は一階の女湯の天井へと繋《つな》がり、覗《のぞ》けるようになっていた。

とはいえ、湯気で見通しは悪い。そんなにはっきり見えるものではないが、若い男たちにとっては大きな楽しみであった。

「…………」

縁の欠けた茶碗《ちゃわん》に土瓶から茶を淹《い》れた左馬介は、表通りを見下ろせる窓近くに座った。

「相変わらずの賑《にぎ》わいよな」

浅草門前町は、霊験あらたかな観音さまを祀《まつ》った浅草寺《せんそうじ》とともに発展してきた。

「浪人も多いな」

普段気にしたことはなかったが、今日、村垣伊勢とその話をしたばかりだからか、やたらと目に付いた。

「見ない顔ばかりになった」

首を横に振った左馬介が、色だけの茶を口に含んだ。

左馬介は父の代からの浪人であった。それこそ物心が付いたころから食べていくのに必死であった。母を失い、父が死んでからは一人で生きてきた。

「その仕事は、なにとぞ拙者を」

「力仕事ならば自信がござる」

毎朝、普請場《ふしんば》の手伝い人足を探す大工や左官の棟梁《とうりょう》に己を売りこみ、

「締め切った」

あぶれたときは両国橋《りょうごくばし》を渡る荷車の尻押《しりお》しをするか、空《す》き腹を抱えて長屋でふて寝するかになる。

やがて仕事を求める場での顔見知りが出来、口を利くようになり、一緒に仕事をするようになることもある。そこまでいかずとも顔くらいは覚えた。

その浪人たちがいなくなって、代わって新たな浪人が流れこんでくる。

「吾の知る浅草では……」

なんとなく寂しい想いを左馬介は感じていた。

「どいた、どいた」

「親分のお通りだ」

湯屋の前を顔見知りの御用聞きが通り過ぎていった。

「布屋《ぬのや》の親分ではないか」

左馬介が布屋の親分が走っていった先を見た。

「……人だかりが出来ている」

急いで左馬介は二階から駆け下りた。

浅草はその東に大川《おおかわ》が流れている。水量も多く、流れも速いが、船留めとするための杭《くい》もあちこちに打ちこまれており、ときどきそこに水死体が引っかかった。

「おいっ、そこの船頭。仏を引きあげてやってくれ」

大川端へ着いた布屋の親分が、少し離れた川に浮いている川漁師の船に声をかけた。

「ご勘弁を。仏さんを載せたら、一日お祓《はら》いで潰れますので」

川漁師が拒んだ。

「……一日分の金は出してやる」

「お祓いのお布施も……」

しかたなさそうに言った布屋の親分に、川漁師がさらに要求をした。

「いい加減にしねえか。あんまり強欲なこと抜かしやがると、後で手痛い目に遭わせるぞ」

それも認めれば、次は清めの酒代、塩代、船を洗う手間賃と際限がなくなる。こういった手合いへの対応にも、布屋の親分は慣れていた。

「へい」

首をすくめた川漁師が、竿《さお》を操って引っかかっている死体に近づいた。

「……せめて若い女の仏ならなあ」

文句を言いながら、川漁師が死体を船に引きあげた。

「こっちだ。こっち。そこに船を着けてくれ。おい、佐ノ助《さのすけ》、彦九郎《ひこくろう》、仏さんを連れてこい。平三《へいぞう》、戸板と筵《むしろ》を持ってきな」

「へい」

「合点」

下っ引きたちが走り出した。

布屋の親分は、先日分銅屋仁左衛門の後援を受けて、浅草門前の縄張りを支配したばかりである。前の親分五輪《いつわ》の与吉《よきち》の縄張りをそのままそっくり受け継いだ形になったため、配下の者たちも布屋の親分のもとに入っている。

「気づかねえなあ」

一人になった布屋の親分が、言わずとも動いたかつての配下たちと比べて、ため息を吐《つ》いた。水死体がという報《しら》せがきた段階で、戸板と薦《こも》が要ることはわかりきっている。それが指示しないとならないことに布屋の親分が肩を落とした。

長く浅草門前町と広小路《ひろこうじ》の中間あたりを縄張りにしてきた布屋の親分は、新たな縄張りを息子に譲っていた。慣れていない息子の助けにと、手慣れた配下たちを残してきた。そのつけが、きていた。

「……お、重い」

「濡《ぬ》れているから、手が滑る」

下っ引きが死体を船から河原へと降ろした。

「ええ、親分さん。明日の売り上げぶんを……」

その後ろから川漁師が付いてきていた。

「しっかりとしてやがる。御上《おかみ》御用の手伝いで金が欲しいか」

頬をゆがめながら、布屋の親分が紙入れを出した。

「ほれ、これでよかろう」

「こいつはどうも……一朱《しゅ》でございますか」

「なんでえ」

不服そうな川漁師を布屋の親分が睨《にら》んだ。

一朱は一両の十六分の一、銭にしておよそ四百文になる。腕利きの職人の稼ぎの半分もないが、人足仕事よりは多い。煮売り屋で飯と菜と汁で六十文くらいということを考えれば、家族がいてもどうにか一日は過ごせた。

「一日一分《ぶ》は稼げるのですが……」

「最大であろう」

「…………」

「明日雨が降ったら、漁には出られぬはずじゃ」

「それはそうでやすが……」

まだ納得がいかないと川漁師が布屋の親分を下から見あげるようにした。

「おい、仏さんの衣服を脱がせろ。傷がないかどうか見逃すな」

「彦九郎、集まっている連中を散らせろ。見世物じゃねえとな」

次から次へと布屋の親分が配下に指図した。

「親分さん」

「褌《ふんどし》も脱がせろよ。ちゃんと陰嚢《ふぐり》も確かめろ」

川漁師を無視して布屋の親分が注意をした。

陰嚢は男の急所であった。殺しを担う女のなかには、男を寝床へ誘って油断させ、陰嚢をいきなり握り潰すという技を使う者もいる。そうなれば激痛で男は気を失う。後はどう料理しようとも女の思うがままであった。

「ちっ、浅草門前町を縄張りとしているわりに、渋い奴《やつ》だ」

あきらめた川漁師が、捨て台詞《ぜりふ》を残して背を向けた。

「…………」

無言で布屋の親分が佐ノ助に目配せした。

「へい」

小さく佐ノ助がうなずいた。

「……どうだ」

それで布屋の親分は川漁師のことを頭から外した。

「土左衛門《どざえもん》じゃなさそうで」

死体を検《あらた》めていた彦九郎が険しい表情で告げた。

「どうしてそう思う」

親分の仕事の一つに下っ引きのしつけと教育があった。同じ答えになったとしても、その理由を聞かなければならない。

「腹を押しても水が出やせん。水を飲んでいない証《あかし》。死んでから川へ捨てられたものではないかと」

「さすがだな」

布屋の親分がうなずいた。

「身体に傷はどうだ」

「刃物傷は見当たりやせん。陰嚢も無事でござんした」

彦九郎は陰嚢のところで嫌そうな顔をした。

「となると十手を口に入れてみろ」

「へい」

親分に言われた彦九郎が、手持ちの十手を抜いて、死体の口に入れた。

「喉《のど》へ突っこめ」

「……へい」

教えられた通りに彦九郎が、十手を捻《ね》じこんだ。

「もういいだろう。抜いてみろ」

「抜きます」

彦九郎がゆっくりと十手を抜いた。

「どうだ」

「変わっていやせん」

十手の先を彦九郎が、布屋の親分へ見せた。

同心や与力、御用聞きの親分の十手は銀鍍金《ぎんめつき》されていた。違うのは手元に房を付けられるかどうかで、御用聞きには房も手元の紐も許されない。当然、下っ引きの十手はもっと落ちる。多くは鉄製で房も紐もないものが使われるが、布屋の親分はその先だけを一寸ていどだが、銀鍍金させていた。

これは毒と反応して、銀は黒変するのを利用するためであった。

口のなかに十手を突っこみ、銀鍍金が黒くなれば毒殺の疑いがある。今回は、その変化がなかった。

「髷《まげ》を解《ほど》きな」

「しばしお待ちを」

新たに言われた彦九郎が、死体の元結《もとゆ》いを切った。

「触ってみろ、頭からなにか出てないか」

「……なにもなさそうで」

彦九郎が首を横に振った。

「釘《くぎ》殺しでもねえか。むうう」

布屋の親分が唸《うな》った。

髪の毛で見えないところに、真っ赤になるまで熱した釘を打ちこむという殺し方が、一時流行《はや》ったことがあった。

「こりゃあ、頓死《とんし》じゃの」

髪の毛のなかまで医者は調べない。

身体に傷がなく、毒の様相もなければ、そう判断するのも当然であった。

「…………」

「親分、東野《ひがしの》さまがお出張《でば》りで」

平三が黒巻き羽織の町奉行所同心東野市《いちの》ノ進《しん》を案内してきた。

「こいつあぁ、旦那。お忙しいところをすいやせん」

すぐに布屋の親分が駆け寄った。

「お役目だ、気にするねえ」

東野市ノ進が手を振った。

南町奉行所定町廻《じょうまちまわ》り同心東野市ノ進は、布屋の親分に十手捕り縄を預けている。

言わば直属の雇用主であった。

「こいつか、身元は」

東野市ノ進が死体を見下ろして布屋の親分に訊《き》いた。

「わかってやせん」

布屋の親分が今までの経緯を含めて報告した。

「傷なし、毒なしか……こいつは面倒だな」

「はい」

喧嘩《けんか》ならば、顔や身体に打撲が残る。刃物傷なら、凶器がなにかわかる。毒でも同じである。とくに毒はそうそう簡単に手に入るものではなく、出がわかりやすい。

そのすべてと違うとなれば、まさに五里霧中であった。

「あとは身元からたどるしかないな」

「さようでございますな」

東野市ノ進の考えに布屋の親分が同意した。

「すまねえな。誰ぞ、この仏の顔に覚えのある者はいねえか」

物見高く集まっていた連中に東野市ノ進が問うた。

「…………」

そこに左馬介がたどり着いた。

「あれはっ」

左馬介は死人の顔を見て、息を呑《の》んだ。

「……おやっ、あれは分銅屋さんの」

御用聞きは他人の心の動きをよく見る。大勢の見物のなかで布屋の親分は、左馬介を見つけた。

「諫山の旦那」

すぐに布屋の親分が左馬介へ声をかけた。

「親分、騒動だな」

左馬介が落ち着いた振りで布屋の親分に応じた。

「迷惑なことで。旦那、あの仏さんに見覚えが」

しっかり布屋の親分は左馬介の驚きを目にしていた。

「ある。それもつい先ほどだ」

左馬介は隠さずに言った。

「ちょっと、お待ちを」

あわてて布屋の親分は東野市ノ進の側《そば》へ近寄った。

「分銅屋さんの用心棒の諫山さまが……」

「なにっ、分銅屋のか」

東野市ノ進が驚いた。

「どういたしましょう」

「話を聞かせてもらうしかなかろう。御上の御用だ」

念のために問うた布屋の親分に、東野市ノ進が述べた。

「では、こちらにお呼びしても」

「ご足労願ってくれ」

布屋の親分にとっても東野市ノ進にとっても分銅屋仁左衛門は大事な金主《きんしゅ》である。

分銅屋仁左衛門を怒らせれば、前の浅草門前町の御用聞き五輪の与吉、その旦那同心佐藤猪之助《さとういのすけ》のように潰されてしまう。

二人にとって左馬介は気を遣う相手であった。

「旦那、諫山さまをお連れしました」

「これはご足労をかける」

布屋の親分に案内された左馬介に東野市ノ進がていねいに応じた。

「いや、お役目ご苦労さまに存じる」

左馬介も一礼した。

「早速だが、諫山どの。この男をご存じだとか」

「もう一度よく顔を見せていただいても」

「存分に」

左馬介の願いに東野市ノ進がうなずいた。

「では、御免」

近づいた左馬介は角度を変えて男の顔を観察した。

「まちがいなさそうだ」

左馬介が一人首を縦に振った。

「諫山どの。どこのどいつか、そやつは」

東野市ノ進が急《せ》かした。

「名前は知りませぬ。ですが、柳橋の男衆だと思う」

「柳橋の男衆……見かけられたか」

ぐっと東野市ノ進が身を乗り出した。

「いや、柳橋には足を向けたこともない。じつは……」

左馬介が今朝の柳橋芸者の加壽美こと村垣伊勢の長屋での騒動を語った。

「ほう、柳橋の男衆が、芸妓を手込《てご》めにしようとしたか」

町奉行所の同心は、武士より町人に近い。遊所のしきたりにも通じていた。

「加壽美どのの悲鳴が聞こえたゆえ、飛びこんで取り押さえ、叱《しか》りつけて追い返したのだが」

そこから先は知らないと左馬介が首を左右に振った。

「念のために尋ねるが、その後は」

東野市ノ進がじっと目をすがめた。

「知らぬ。その後しばらく男に襲われたことで怯《おび》える加壽美どのを慰めており申した」

いうまでもなく左馬介は、男を殺したのが村垣伊勢だとわかっている。

「なるほど……加壽美どのと別れた後は」

「風呂屋へ参り、そこで騒ぎを見つけて顔を出しましてござる」

さらに東野市ノ進が問いを重ね、それに左馬介が応じた。

「ふむ」

東野市ノ進がうなずいた。

「もうよろしいかの。存じ寄りはすべて話したが。そろそろ用心棒を始めねばならぬ頃合いでな」

帰っていいかと左馬介が問うた。

「布屋、なにかあるか」

「いえ、わたくしには」

顔を向けた東野市ノ進に布屋の親分がないと答えた。

「ご苦労でござった。お帰りいただいて結構でござる。後々、他に聞きたいことがあればまた頼むこともあろうが」

東野市ノ進が許可した。

「ではの」

左馬介が大川端を離れた。


分銅屋は浅草門前町に店を構える両替商である。

両替とは銭を小判に、小判を遣いやすい朱銀や銭に替えることで手数料をもらう商売であった。

といったところで、それで店が維持出来るほど客は来ない。

ではなにを商っているかといえば、金貸しをやっていた。

金を貸してその利を取る。これほど確かな商売はない。季節によって仕入れを変えずともよく、日照りや大風の影響も受けないのだ。

これを繰り返して元手を大きくし、貸す金を増やす。貸し金が増えれば、利息が増える。貸せば貸すほど金貸しは儲かる。

もちろん、貸した客のなかには店を潰したり、逃げ出したりする者もいる。そのために分銅屋ではかならず形《かた》を取っていた。

「遅くなった」

左馬介が分銅屋に入った。

「いえ、まだ刻限前でございますよ」

分銅屋仁左衛門が笑いながら手を振った。

「珍しいの。分銅屋どのが店に出ているとは」

左馬介が驚いた。

大店《おおだな》の主人ともなると、そうそう店先に出ることはなかった。

「主《あるじ》でなければ……」

「藩の御用である」

分銅屋仁左衛門が直接対応するのは、昔からのお得意先か、よほどの大商い、あるいは武家が来たときくらいであった。

その分銅屋仁左衛門が店先に座っていた。

「ちょっと理屈のおわかりでないお方がお見えでしてね。番頭さんの説明では納得なさらなかったので」

分銅屋仁左衛門が苦笑を浮かべていた。

「理屈……」

「なぜ利を払わなければならないのかがわからんと」

「はあ」

思わず左馬介が素《す》っ頓狂《とんきょう》な声を漏らした。

「金を借りにきて利が付くことが納得いかないだと」

「たまにいらっしゃいますよ。金を借りたら、そのまま返せばいいというお方が」

「どういう理屈だ」

分銅屋仁左衛門の言葉に左馬介が首をかしげた。

「借りた金が百両だとしましょう。百両借りて百両返す。減っていないのだから損料もいらないと」

「道具を借りているのではないぞ」

左馬介があきれた。

ものを借りると損料が発生した。のこぎりでも鉋《かんな》でも使えば手入れが要る。金槌《かなづち》でも荷車でも使えばいろいろなところが減り、本来の調子が出せなくなる。それを元に戻すため、あるいは新しいものをあつらえるための金の一部に充当する。これが損料の意味であった。

「ですから、そういったお方はお客じゃございませんので」

「追い返したのか」

「はい。さすがに奉公人の番頭では、客に強いことは申せません。客を断るのはなかなか商売では厳しいこと。将来の損に繫がるかも知れませんからね。となれば主が対応するしかございません。損をしたところで主の判断となれば、誰も文句を言いません」

責任は主が取るものだと分銅屋仁左衛門が胸を張った。

「さすがじゃの」

左馬介が感心した。

「で、なにがございました」

笑顔を分銅屋仁左衛門が消した。

「ごまかせぬのう」

「諫山さまは顔に出やすいですから」

分銅屋仁左衛門が頬を緩《ゆる》めた。

「聞いていただこう、奥でいいか」

「はい」

左馬介の頼みに、分銅屋仁左衛門が首を縦に振った。


分銅屋仁左衛門は左馬介の報告に嘆息した。

「まったく、諫山さまもなにかに祟《たた》られておられる」

「祟りは嫌だの」

「おや、祟りは駄目ですか」

分銅屋仁左衛門が笑った。

「幽霊、怨霊、狐狸《こり》妖怪は、殴れまい」

「たしかに」

左馬介の言いぶんに分銅屋仁左衛門が納得した。

「まあ、加壽美姐さんを襲った馬鹿が死んだのは、どうでもいいですが」

「どうでもいいのか」

分銅屋仁左衛門の発言に左馬介が目を剝《む》いた。

「当家の商いになんの影響もございませんからねえ」

「……言われてみればそうだな」

「まあ、死ぬ寸前に痛めつけている諫山さまですから、わたくしとは違った感慨もございましょうがね」

「たしかにな。まだあいつの肩の感触が手に残っている」

「けっこうでございますな」

満足そうに分銅屋仁左衛門がほほえんだ。

「なにがだ」

左馬介が怪訝な顔をした。

「人が死んだことにこだわれる間は、諫山さまはまだ人。それを感じなくなれば人でなし。そしてそれを楽しむようになれば、鬼」

「鬼……」

聞かされた左馬介が息を呑んだ。

「驚くほどのことでございますかね。世間には人の皮を被《かぶ》った鬼がいくらでもおりますよ」

「そんなに人殺しがいるのか」

物騒に過ぎると左馬介がおののいた。

「いませんよ。江戸は地獄じゃありません」

分銅屋仁左衛門が苦笑した。

「されど、分銅屋どのは世間には鬼がたむろしていると」

「鬼はおりますがね。なにも人を殺すだけが鬼じゃございませんよ」

「へっ」

間抜け声を左馬介が出した。

「大の虫を生かすために小の虫を殺す政《まつりごと》の鬼、借財の形に病人の夜具まで剝《は》ぎ取る金貸しの鬼、女をおもちゃとしか考えず弄《もてあそ》ぶ男の鬼、贅沢《ぜいたく》をするためにはどのような男にでも身を任せる女の鬼」

淡々と分銅屋仁左衛門が語った。

「ああ」

世間の底を這《は》いずっていた左馬介である。人の汚さはよくわかっていた。

「そしてわたくしも鬼。相手の都合ではなく、店にとって利があるかないかで金を貸すかどうかを決めております。その金がなければ、首をくらなければならないと知っていても、返ってこないと思えば貸しません。金貸しは分銅屋の生業《なりわい》。金を貸して得た利で店を維持し、わたくしと奉公人の生活を担っております。利を無視した商いは、店一統の首を絞めるも同然。躊躇《ちゅうちょ》なく、わたくしは鬼になりまする」

分銅屋仁左衛門が呆然《ぼうぜん》としている左馬介へ続けた。

「ただ人殺しの鬼、女を弄ぶ鬼とは違いまする。わたくしは店を、奉公人を守るために鬼になる。楽しみで鬼になる連中とは一緒にされたくはありません」

「……護鬼《ごき》」

左馬介が思わず口にした。

「護鬼……いいですなあ。さぞやその呼び名を気に入られましょう」

「気に入られる……どなたのことでござる」

他人事《ひとごと》のように言った分銅屋仁左衛門に左馬介が尋ねた。

「わたくしが最初に言いました政の鬼。天下という大の虫を生かすために、民百姓という小の虫を殺す。八代将軍吉宗《よしむね》公、そして田沼《たぬま》さま」

「むううう」

分銅屋仁左衛門が口にした名前に、左馬介は唸《うな》るしかなかった。

三

村垣伊勢は今日も柳橋芸者として座敷を掛け持ちし、疲れ果てて長屋へ戻ってきた。

「ご苦労だね。また頼むよ」

三味線を抱えて付いてきた茶屋の男衆に、手早く包んだ心付けを村垣伊勢は渡して送り返した。

「こいつはどうも」

もらった紙包みを上から触って、なかに入っている金を確かめた茶屋の男衆が喜色満面で一礼し、足取りも軽く帰っていった。

「ふううう」

戸障子を閉め、うちから突《つ》っ支《か》い棒をして、ようやく村垣伊勢はため息を吐《つ》いた。

「ああ、うまい」

酔い覚ましにと、水瓶《みずがめ》に添えてある柄杓《ひしやく》で水を飲んだ村垣伊勢が一息吐いた。

「まったく……男は馬鹿しかおらぬのかの。己がどこを見ているかなど、女にはすぐにわかるというに」

芸者は客の目を見て話しかけ、酌をする。そのとき客の瞳が正面にあるか、少し下に向いているかでどこに興味があるか、まさに一目瞭然《いちもくりようぜん》であった。

「さて……」

座敷着を脱いでていねいに衣紋《えもん》掛けへと預ける。その後髷を崩して、櫛巻《くしま》きにし、浴衣《ゆかた》を身につける。

続けて村垣伊勢は竈《かまど》の灰のなかに埋めていた小さな紙をまとめて作った冊子を取り出した。

「ここ数カ月で、柳橋には呉服、小間物、京履き物など贅沢品を扱う店の主が増えてきている。座敷で見ても機嫌がよく、気前もよい。米問屋、味噌《みそ》問屋などの主も遊びには来ているが、心から浮いてはおらぬ。さりげなく話をもっていくと先行きに不安を感じているようである」

一日の座敷で見聞きしてきたことをまとめあげ、それを報告する。これが江戸地回り御用を承《うけたまわ》っている女お庭番村垣伊勢の任であった。

「問題は……」

筆を置いた村垣伊勢が眉間にしわを寄せた。

「帯久の男衆を殺したのはまずかったか」

村垣伊勢が頬をゆがめた。

「なぜか腹立たしくなって、思わず殺してしまったが……放っておけばよかった」

若い男衆が大川で見つかったという話は、柳橋でも噂になっている。幸い、帯久の、どころか柳橋の男衆だとはわかっていないが、それもまもなく知れよう。

遊所の男衆は出入りの管理の厳しい吉原を除いて、かなり緩かった。

「使ってやってくだせえ」

ある日、突然茶屋に来て働き出し、十年いる者もいれば三日で消える者もいる。

「弥助《やすけ》がいねえだと。そうか。三太《さんた》、おめえ弥助の代わりをしな」

お茶屋も慣れている。

十日もしないうちに、弥助のことなど思い出されることもなくなる。

いうまでもないことだが、一流の茶屋では流れの奉公人など雇わない。客が江戸でも名の知れた豪商、役人、大名の留守居役《るすいやく》など、機嫌次第で茶屋の一軒など消し飛ばせる実力者ばかりなのだ。

「某屋《なにがしや》さんの主は、芸者の誰といい仲」

「留守居役の某さまは、月のものも来ていない幼い女にしか興味がない」

遊びにきているときは、皆本性を出している。それを漏らされてはたまったものではない。それだけに一流どころの茶屋では、信用の出来ない流れ者を受け入れることは決してなかった。

「そういえば、吉次《よしじ》がいねえな」

「尻《けつ》を割ったんじゃねえか」

帯久は質の悪いほうの茶屋であった。

このまま吉次は柳橋から忘れられるはずであった。

「おいっ」

帯久に客が怒鳴りこんできた。

「田仲屋さま、いかがなさいました」

上客の怒りほど遊所にとって怖いものはない。

「今さらなにをとぼけてくれるのだい。先日、宴席に加壽美を呼べと頼んだだろう」

「へえ。たしかに」

「あの日、結局加壽美は来なかった。その言いわけに、そなたはなんと申した」

「あっ」

田仲屋に言われた帯久の主が顔色を変えた。

「かならず儂《わし》のところへ、加壽美を連れてくると豪語したな」

「…………」

「忘れたとは言わさんぞ」

「申しわけもございません」

咎《とが》める田仲屋に帯久が小さくなった。

「ではございますが、一昨日の今日ではいささか厳しいものが」

たしかに大得意先の怒りを静めるため、加壽美を生《い》け贄《にえ》に捧《ささ》げると約束した。ただ、それをいつまでにとは言っていない。

「むっ。では、いつだ。今夜か、明日か」

「相手のあることでございますので、いつとは」

帯久がまたも逃げを打とうとした。

「……約束出来ぬと」

「へえ」

目つきを鋭くした田仲屋に、帯久が首をすくめるようにした。

「よくもそんなことが言えたね。他の店でのれん分けをするだけの金もなく、いくつになっても若い者と呼ばれ続けていたおまえに一軒の茶屋を持たせてやったのは、誰だい」

「田仲屋の旦那さまのご恩は忘れておりません」

帯久が頭を垂れた。

「日限を切るよ。三日だ。三日以内に加壽美に因果を含めて、わたしのところまで連れてきなさい」

少し田仲屋の興奮がおさまった。

「三日っ」

短さに帯久が絶句した。

すでに今日は日が暮れ始めている。田仲屋の要求は実質二日でしかなかった。

「いいね。出来なければ、わたしは二度とおまえの顔を見ないから。芸妓一人扱いかねるような茶屋なんぞ、意味がない」

縁を切ると田仲屋が宣した。

「や、やります。なんとしても」

茶屋を一軒出すとなると、造作に凝らず、店の場所も柳橋の外れという悪条件を入れても数百両はかかる。裏方は古材を使っても、客の見る玄関、廊下、座敷はそれなりのものにしなければならないからだ。

その金を田仲屋に頼った帯久である。開店資金が借財であるのはもちろん、店の客もほとんどが田仲屋の紹介であった。

「わたしは二度と帯久を使いません」

田仲屋にそう言われれば、紹介客も従う。客の来ない茶屋なんぞ、十日も保たない。帯久が顔色を変えたのも当然であった。

「任したよ」

田仲屋が去った。

「おいっ。この間加壽美のもとへ行ったのは、誰だ」

金主がいなくなった途端に帯久の雰囲気が変わった。

「吉次で」

「なにっ、いなくなった吉次か。すぐに探してこい」

若い男衆の尻を帯久が叩いた。

「衣兵衛《いへえ》、おめえは加壽美に話を持っていけ」

「親爺《おやじ》さん、話だけでよろしいんで」

　衣兵衛と呼ばれた男衆が確認した。

「手出しはするな。傷の一つでも作って、それを田仲屋に訴えられては叱られるからな」

　気に入りの女を手に入れたいと考えている男は、女が傷つくことを嫌う。女を叩いたり、縛ったりして喜ぶ男でも、己以外が傷つけることを看過《かんか》はしない。

「口ならいくらでも……」

　衣兵衛がにやりと口の端をゆがめた。

「ああ、跡さえ残らなければ、いくらでも言いわけはできる」

　帯久が認めた。

「いくらまで出していいのでしょう」

「あれだけの女だ。落籍するとなれば、一箱、千両は要るだろうが……田仲屋さんが求めておられるのは、加壽美の初《うぶ》だ」

「加壽美が初だという証は……」

「ない。ないが、この柳橋で加壽美が誰かと寝たという噂は聞いたことがない。実際はどうかわからねえが、加壽美の初客となったという話は田仲屋の男振りを一気に押しあげるだろう」

帯久が語った。

「一夜にいくら出すおつもりなんでしょう、田仲屋さんは」

「並の芸者なら三両も出せば、よろこんで裾《すそ》をまくるだろうが、相手は柳橋の看板と言われる加壽美だからな。倍、いや三倍できくまいよ」

「三倍以上……十両っ」

「足りまいよ」

己で言っておきながら、帯久が首を横に振った。

「十両でも不足だと。吉原の太夫《たゆう》とほぼ同じでござんすよ」

吉原遊郭《ゆうかく》を代表する妓《おんな》とされる太夫を一夜吾《わ》がものにするには、かなりの金がかかった。太夫ともなるといきなり床には就いてくれない。少なくとも三度は通わなければならなかった。さらにいざ床入りとなると、その祝いを太夫の付き人、寝床を提供する揚げ屋への祝儀、料理代、その他諸々《もろもろ》を合わせて十両は要った。一両あれば四人家族が一カ月十二分に生活できる。十両は大金であった。

「吉原の太夫は、股を開くのが仕事だ。それに吉原が値打ちを付けているだけ。柳橋は違う。床入りを楽しむために来るところじゃない。きれいな女に舞わせ、歌わせ、酌をさせて、いい気持ちで過ごす。そこに下《しも》の話は入ってこない」

「たしかに枕で知れた芸者でも、座敷に呼ばれてますな」

　衣兵衛が納得した。

「形だけとはいえ、芸妓は座敷に呼ぶのがしきたりだ。基本、芸妓は転ばない。その転ばない柳橋芸者のなかで代表とされている加壽美だぞ。一度でも客と寝れば、今までのなびかない女という評判は失い、金次第で転ぶという悪評が付く。ふん、悪評は拡《ひろ》がるのが早いし、消し去るのは難しい」

「芸は売っても、身体は売らないという矜持《きょうじ》の代金が足されると」

「それよ」

　衣兵衛の答えに帯久が首肯《しゅこう》した。

「加壽美が己の誇りにどれだけの値打ちを付けるかも問題だが、それよりも田仲屋がその金を出すかどうかが問題だな」

「あれだけ執心ですぜ。金に糸目は付けないんじゃ」

「田仲屋は吝《しわ》いぞ」

　帯久がため息を吐いた。

「とりあえずは、いくらなら田仲屋の言うことを聞くか、加壽美から訊き出してこい。田仲屋との交渉はそれからだ」

「では、ただちに」

手を振られた衣兵衛が立ちあがった。


吉次を探すために散った連中は、近隣の岡場所、深川《ふかがわ》の色町へと走った。

「こういった若い男衆が、最近来ませんでしたか」

色町の男衆をまず堅気《かたぎ》の商家や職人は雇わなかった。まともな者なら、色町へ勤めることなどないからである。色町に来る男衆は、ほとんどが博打《ばくち》、女で資産を食い潰した町人、あるいは勤め先で不始末をしでかして奉公構《かま》いとなったか、逃げ出したかである。

とても信用大事な商人などは、どれだけ人手不足でももと色町の男衆を受け入れることはない。

当然、一度色町の水に染まった者は、死ぬまでそこから離れられなかった。

「見ねえな」

「知らねえよ」

他人のことに興味があるような奴は色町にはいない。帯久の配下たちの聞きこみは空振りで終わった。

「江戸を売ったか。そうなりゃあ、もう調べようがねえなあ」

もとの職場近くで新たに働き口を見つけても遠慮はしない。もとの茶屋も逃げた男を咎めもしない。もっとも、色町では御法度とされる妓に手出しをしたとか、店の金を盗んだとかとなると地獄の果てまで追いかけるが、そうでなければ後など追うことはしなかった。

「戻って、親爺に報告するしかねえな」

あっさりと配下たちは吉次探しをあきらめた。


加壽美に引導を渡してこいと命じられた衣兵衛は、加壽美の長屋を訪れていた。

「姐さん、加壽美姐さん」

衣兵衛は長屋の戸障子ごしに呼びかけた。

「……留守か」

何度声をかけても反応がない。衣兵衛が呟《つぶや》いた。

「訊いてみるか……」

衣兵衛が長屋の住人を探した。

「ちょっと訊きたいんだが」

長屋の戸障子を開け放して、手仕事をしている職人を衣兵衛は見つけた。

「……………」

職人が手を止めずに顔をあげた。

「加壽美姐さんはお留守で」

「いないのなら留守だろう」

問うた衣兵衛に、職人が冷たく応えた。

「……この間、加壽美姐さんのところに、若い男が訪ねてきやせんでしたか」

「知らねえよ。一日家から出ねえんだ。もういいな」

質問を重ねた衣兵衛から職人が手元へと目を戻した。

「……ちっ」

礼の代わりに、舌打ちを残して衣兵衛が職人からの訊き出しをあきらめた。

「……ありゃあ、御用聞きじゃねえか」

職人の長屋を出た衣兵衛は、木戸から入ってきた布屋の親分に気づいた。

「親分さん、どうも」

衣兵衛は軽く頭を下げて、通り過ぎようとした。

「見ねえ顔だ。おめえ、ここの住人じゃねえな」

御用聞きだからといって、出入りの激しい長屋の住人の顔をすべて知っているわけではない。

ただ、布屋の親分の金主である分銅屋仁左衛門の持ち長屋となると話が違ってくる。

「へえ、加壽美姐さんに用がござんして」

ここで適当な嘘《うそ》を吐けば、後で痛い目に遭うことがある。衣兵衛はすなおに答えた。

「柳橋か」

「へえ、帯久の若い者で」

布屋の親分の指摘に、衣兵衛が首肯した。

第二章　倹約の敵

一

お側御用取次《そばごようとりつぎ》田沼主殿頭意次《とのものかみおきつぐ》は、九代将軍家重《いえしげ》第二の寵臣《ちょうしん》と呼ばれるようになっていた。

いうまでもなく、第一の寵臣は幼少期の熱病で言語不明瞭《ふめいりょう》となった家重の意思が唯一わかる側用人大岡出雲守忠光《おおおかいずものかみただみつ》であり、大岡出雲守がいなければ、なにが食べたいとか厠《かわや》へ行きたいといった生理的欲求さえ伝えられないだけに手放すことは出来ない。その
ため、お側去らずとまで言われながら、大岡出雲守は出世出来なかった。出世させて老中や大坂城代などに引きあげれば、家重はたちまち困る。

だが、それでは政《まつりごと》にかかわることは出来ない。

「……と仰せでございまする」

大岡出雲守を通じて家重が指図しても、

「まことに公方《くぼう》さまのご諚《じょう》か」

「出雲守が己《おのれ》のよいように伝えておるのでは」

老中の誰も大岡出雲守を通じた以上それが家重の考えだとは信じず、疑ってかかる。

これでは家重の思うような政は出来ない。

そこで家重は、田沼意次に白羽の矢を立てた。

田沼意次が吉宗の遺言を受けたというのもあるが、それ以上に出自が都合がよかった。

八代将軍吉宗が和歌山から江戸へ移るとき、政を補佐する者として腹心の家来を連れてきた。そのなかに田沼意次の父意行《おきゆき》が含まれていた。

つまり、田沼家は徳川本家にとって新参者であった。

新参者ということは、大名や旗本との縁がないということでもある。ようは譜代《ふだい》大名や役人たちの影響を受けにくい。

援助は受けられないが、しがらみや遠慮なく政に接せられる。

家重は田沼意次を抜擢《ばってき》した。

もとは六百石の小納戸《こなんど》が、今や五千石のお側御用取次である。

お側御用取次とは、八代将軍吉宗が新設したもので、将軍へ目通りを願う者の用件を聞き、通すかどうかを判断する。

「そのような用で、公方さまのお手を煩《わずら》わせることは出来ぬ」

たとえ老中でさえお側御用取次は拒める。

「主殿頭、これについて公方さまにお話を申しあげたいのだが、いかがであろうか」

突き返されたら老中の面目が潰《つぶ》れる。そうならないよう、老中はあらかじめお側御用取次に政令やお触れについて相談する。

「これは……なるほどに。ここは……さようでございますか」

お側御用取次を納得させれば、老中の目通りは問題なくなる。

「……公方さまが主殿頭にお問い合わせである。いかが思うか」

「お許しなされてよろしいかと存じまする」

大岡出雲守の通訳で家重の確認をとったときに、すんなりと返答が出来る。

こうすることで家重は田沼意次に政を学ばせていた。

「公方さまにお目通りを願う」

お広敷《ひろしき》用人が田沼意次に取次を願った。

「ご用件を」

いつものように田沼意次が応じた。

「お千瀬《せち》の方《かた》さまのお願いごとでござる」

要《い》らぬ口出しはするなとお広敷用人が田沼意次に警告した。

家重はそれほど色欲の強いほうではなかったが、執着は強かった。

最初、家重はお幸《こう》の方を寵愛していた。そのかいもあり、お幸の方は嫡男竹千代《ちやくなんたけちよ》を産んだ。

そのお幸の方から寵愛を奪ったのが、お千瀬の方であった。お千瀬の方に執着した家重は、お幸の方のもとに通うことをしなくなり、失意のうちにお幸の方はのちに悶死《もんし》した。

すでに家重の正室、伏見宮邦永親王《ふしみのみやくにながしんのう》の四女比宮増子《なみのみやますこ》は亡くなっているため、お千瀬の方が大奥の主《あるじ》として君臨していた。

「そのお願いごとの中身をお聞かせ願いたい」

田沼意次はお広敷用人の通過を認めなかった。

「よろしいのか。お千瀬の方さまのご要望を遮ったとあれば、公方さまのご機嫌を

「……」

「それしか言うことがないならば、帰るがよい」

お千瀬の方の威光を背にものを言うお広敷用人を田沼意次が遮った。

お広敷用人も吉宗が新設した役目で、言うことを聞かない大奥を支配するためのものであった。

しかし、吉宗が死んで、家重が側室二人に執着したことで大奥が権威の復権を目指して、監視者でもあるお広敷用人を取りこんだ。

「……へっ」

なにを言われたのか理解出来なかったのだろう。お広敷用人が間抜けな顔をした。

「戻れと申した」

大奥の代表たるお広敷用人だが、お側御用取次よりもはるかに格下になる。

「お待ちあれ。後悔なさるぞ」

お広敷用人が田沼意次に忠告した。

「そなたはなんじゃ」

田沼意次が氷のような冷たい目でお広敷用人を見た。

「お広敷用人でござる」

「であるな。では訊《き》こう。そなたは誰から禄《ろく》と役料をもらっている」

　答えたお広敷用人に田沼意次が尋ねた。

「…………」

「答えよ。そなたの主は、御上《おかみ》か、お千瀬の方か」

　黙ったお広敷用人に田沼意次が背筋をぐっと伸ばした。

「……御上でござる」

　苦い顔でお広敷用人が言った。

「わかれば下がれ」

　田沼意次がもう一度退出を促した。

「しばし、しばし」

　お広敷用人が田沼意次に頼みこむようにした。

　駄目でしたと報告するのは、役人にとって恥でしかなかった。

「役に立たない」

　上司にこう烙印《らくいん》を押されたら、役人にとって死んだも同然になった。

　そもそも幕臣の数に対し、役人の席は少ないのだ。

「ぜひともわたくしに」

たちまち取って代わられてしまう。

とくに大奥はそのきらいが強い。将軍の側室で次男を産んでいるお千瀬の方に大奥で逆らう者はいない。いや、大奥だけではなく、表でも物言える者は少なかった。老中でさえ、遠慮する。そのお千瀬の方を田沼意次は気にもせず、お広敷用人をあしらった。

「なにかの。御用繁多のおりから、さっさとしてくれぬか」

田沼意次はお広敷用人の言いたいことをわかっていながら、わざと面倒くさそうな顔をした。

「お千瀬の方さま、たってのご希望でございまする。なにとぞ、お取り次ぎを」

「……はあ」

田沼意次が大きくため息を吐《つ》いた。

「おぬしは、お千瀬の方さまのお望みを知っておるのか」

「存じておりまする」

確認されたお広敷用人が当然だと返した。

「大奥の庭に観月のための建物を……いくらかかるか、おぬしはわかっておるのか」

「普請方《ふしんかた》ではございませぬので、わかりかねまする」

　田沼意次に問われたお広敷用人が首を横に振った。

「大奥に建てるとなれば、それなりのものとなる。しかも観月となれば庭木の邪魔が入らぬよう二階建てあるいは三階建てになるだろう。お付きの女中どもを連れてお千瀬の方さまがおくつろぎになるとなれば、あるていどの広さも要る。余も普請方ではないゆえ、正確な金額はわからぬが、少なく見積もって八千両、いや一万両はかかる」

「い、一万両……」

　二万石の大名の年収に匹敵する金額に、お広敷用人が絶句した。

「御上の財政厳しきおりから、これだけの金額を、年に数回使うかどうかという建物のために捻出《ねんしゅつ》出来ると思うか」

「ですが、これはお部屋さまの」

　将軍の子供を産んだ側室は、お部屋さまと称され、将軍家の一族扱いを受ける。お広敷用人が、なんとかお千瀬の方の要望を通そうと頑張った。

「諄《くど》い」

　ついに田沼意次が怒った。

「そこまでして欲しいのならば、お閨《ねや》で公方さまに強請《ねだ》られるがよい」

田沼意次がお広敷用人を追い出した。

「まったく……御上をなんだと思っているのだ。金銀の湧き出る泉ではないのだぞ」

一人になった田沼意次があきれた。

追い出されたお広敷用人は、呆然《ぼうぜん》としてお広敷にある詰め所へと戻ってきた。

「北見里《きたみざと》氏、いかがなされた」

その憔悴《しょうすい》振りに同役が気遣った。

「お千瀬の方さまの御用を……」

「果たせなかったのか」

「まことか」

当番のお広敷用人たちが顔色を変えた。

「お側御用取次の主殿頭どのに拒まれた」

北見里と呼ばれたお広敷用人が経緯を語った。

「お閨で強請れと……」

お広敷用人が息を呑《の》んだ。

「出来るわけないだろう」

別のお広敷用人が首を横に振った。

大奥には将軍と側室の閨ごとを見張るお添い寝の中臈《ちゅうろう》という役目があった。

これは幕初のころ、側室が閨で将軍に知り合いの出世を強請るという悪癖がまかり通っていたからであった。

「これではいかぬ」

女の引きで旗本を出世させていては、弊害が出る。そもそも実力がなく、側室にでも頼らないと出世出来ない役立たずが、役目に就くのだ。無理をして出世したぶん、取り返そうとして碌《ろく》でもないことをする。

こうして側室が将軍と閨ごとをしている最中に、願いごとをしたかどうかを聞き耳を立てる役目の女が設けられた。

この添い寝中臈は、どれほど実力のある側室でも排除、懐柔は出来なかった。

というのは、公平でなければならない添い寝役の中臈は当然のことながら、将軍の寵愛を受けていては務まらない。将軍の寵愛を受けない中臈をお清《きよ》の中臈と呼び、添い寝役だけでなく、大奥の重要な役目のほとんどを占めていた。

つまりは添い寝役の中臈に手出しをすれば、これらお清の中臈のすべてを敵に回すことになる。

「書式が違いまする」

「この字は読めませぬ」

大奥に入ってくるものは、お清の中臈の代表役である表使《おもてつか》いの差配を受ける。その表使いを敵に回すと、お千瀬の方でも嫌がらせは受けた。

さすがに将軍のお部屋さまの言うことを聞かないというわけにはいかないが、遅らせることくらい出来た。

「妾《わらわ》の願いを……」

お千瀬の方も怒りにくい。お千瀬の方の頼みを拒否しているわけではなく、ただ届け出の書類の不備を指摘しているだけなのだ。

「そのていどのことなど、按配《あんばい》いたせ」

お千瀬の方も強権は使えなかった。それをすれば、大奥の秩序を乱すことになる。正室もいない今、お千瀬の方が主である。その主、自ら大奥にもめ事を作り出すわけにはいかない。

「お気張りあれ」

「ご武運を」

要望の結果をお千瀬の方に報告しなければならない北見里を同役が、慰めた。

「……いかねばなりませぬか」

上臈や表使いのように正式な権力を持っているわけではないが、お千瀬の方は家重の寵愛深い側室である。

嫡男は別腹でいるとはいえ、お千瀬の方は次男を産んでいる。もし、嫡男になにかあれば、お千瀬の方の産んだ次男が次の将軍になる。

そうなればお千瀬の方は将軍生母である。

将軍生母となれば無位無冠ではなくなった。朝廷が幕府を気遣い、生母を従二位《じゅにい》あるいは正三位《しょうさんみ》あたりにする。こうすることで将軍生母が、諸大名より下位という事態を避ける。

そのあたりはどうでもいいといえば、どうでもいいのだが、将軍生母には老中でさえ気を遣う。

「あの者は気に入らぬ」

お千瀬の方が北見里のことをそう漏らすだけで、明日役目を解かれる。いや、すでにそれくらいの力はある。

「公方さま、あの者は妾の申すことを聞いてくれませぬ」

閨でそう囁《ささや》くだけでいい。

「このようなことをお千瀬の方さまが公方さまに願っておりました」

翌朝、添い寝の中臈が報告したところで、もう遅い。

これが一門の出世を願うというならば、手続きを止められる。

「よろしくございませぬ」

老中も家重に意見する。

だが、誣告《ぶこく》は老中たちにとって、己にかかわりなければどうでもいいのだ。幕政の頂点にある老中は、一々お広敷用人ごときを気にしない。

「思《おぼ》し召すところ、これあり」

表沙汰《おもてざた》に出来ない理由、表沙汰にするとそれほど重くない罪なのだがそれでも咎《とが》めたいときなどに、将軍がよく使う手段であった。

あからさまな冤罪《えんざい》もあるが、そんなもの将軍にとって躊躇《ちゅうちょ》する原因にならない。なにせ二代将軍秀忠《ひでただ》は、顔が気に入らぬというだけで小納戸を一人手討ちにしている。

「はあ……」

ため息を吐きながら、北見里は大奥との通路へと重い足取りで進んでいった。

二

両替商の用心棒となると、その仕事は守ることである。

その守ることも大きく分けて二つになった。

一つは閉店から翌朝の開店までの間に襲い来る盗賊の類いを撃退すること。もう一つが、店の開いている間にやってくる強請集《ゆすりたか》りの類いを追い返すことであった。

「おいっ、今の銭相場が、一両で六千二百文だと。昨日まで六千五百文だったろうが、一日で三百文も下がるわけねえ」

分銅屋の店先で商人がわめいた。

「お怒りはわかりまするが、相場はわたくしどもではどうにも出来ませぬ」

番頭が首を横に振った。

「それでも三百文は酷《ひど》すぎるだろう。こちらは小判一枚六千五百文のつもりで取引したんだぞ」

「いかように仰せられましても、相場でございますので」

まだ苦情を付ける客に番頭がどうしようもないと告げた。

「一両の商いをして、ようやく千文ほどの利を得ている。それが三百文も減れば、七百文しか残らないじゃないか」

「…………」

八つ当たりに近い。番頭は返答をしなかった。

「昨日の今日だしなあ。どうだ、六千五百文でやってくれまいか」

「無茶を仰せられては困りまする。こちらは相場に従わねばなりませぬ。六千二百文でお願いをいたしまする」

番頭が勝手な値引きをするわけにはいかなかった。これが呉服だとか小間物であれば、損をしない範囲で番頭が差配できる。

しかし、金はそうはいかなかった。

たしかに両替商にとって、金は商売道具である。銭で小判を売る、小判を銭で買う。ただし、相場というものがあった。

相場を外れれば、両替商が損をする。それだけでなく相場に反したということにもなる。

「分銅屋は相場を無視している」

こうなれば、両替商仲間を省かれるだけでなく、両替商の主たる稼ぎである金貸しの後援者たち金主《きんしゅ》が離れていく。決まった利息で運用してくれると思えばこそ、金主は大金を預けているのだ。その利息を下げられるとの疑いが出れば、さっさと資金を引きあげる。

「申しわけございませんが、いたしかねます。どうぞ、他所《よそ》さまへお出ましを」

番頭が断った。

両替商の表の商いは、小判を銭、銭を小判に替えるときの手数料である。だが、利益はそのほとんどを金貸しの利息で得ている。損までして手数料にこだわる意味などとっくになくなっていた。

「客に向かって、帰れだと」

商人が番頭を怒鳴りつけた。

「損を押しつけてこられるお方を客とは言えませせぬ」

番頭は毅然《きぜん》として言い返した。

「両替に来たんだぞ、立派な客だろうが。いったい、どういうしつけを奉公人にしているのやら。浅草一の両替商と威張っているわりに、分銅屋もたいしたことはないな」

「義助《ぎすけ》さん、この帳面を綴《と》じておくれな。太吉《たきち》、伊勢屋《いせや》さんに手紙を書いておくれ。

お預かりしておりまする金子《きんす》の期日が参りまするが、いかがいたしましょうと。いいかい、ていねいを心がけるんだよ」

番頭は商人を無視して、店の用事にかかった。

「……こいつっ」

相手にされなくなった商人が切れた。拳《こぶし》を握りしめて番頭を打とうとした。

「それはいかぬの」

振りあげた商人の右手を後ろから左馬介が摑《つか》んだ。

「なんだ、おまえは」

「当家の用心棒だ」

振り向いた商人の詰問に左馬介が応じた。

「用心棒……口出しをするな。これは商いの話だ」

「口出しはせぬが、手出しはするぞ。拙者の仕事だからな」

商人の言葉に左馬介が空いている左手を振った。

「それに商いというが、両替だぞ。手数料の値引きを交渉するならまだしも、相場を割れというのは通らぬ話」

「……………」

商人が黙った。

「どうする。このまま帰るか、相場の金額で納得するか」

「手数料の値引きを求めるならばいいのだな」

「店の商いに、用心棒が出てどうする」

確認する商人に左馬介があきれた。

「なれば、番頭。六千二百文でいいが、手数料を三百文割り引いてくれ」

「お帰りをと申しあげましたよ」

商人の要求に番頭が答えた。

「相場でいいと言っている」

「あなたさまとの商いは成り立ちませんでした。手数料も鐚《びた》一文まかりません。人によっていろいろ変えているとなっては、お得意先に申しわけございません」

番頭が取り付くしまもない態度で三度断った。

「くっ」

商人がうめいた。

両替商はそこにもある、あそこにもある、というものではない。分銅屋ではなく、別の両替商となれば、近くても両国広小路まで行かなければならなかった。

「おう、番頭さん」

「これは棟梁《とうりよう》」

尻端折《しりはしよ》りをした職人が、分銅屋へ飛びこんできた。

「悪いが頼めるかい」

「大吉小判でございますか。ちょっとお待ちを。助五郎《すけごろう》、店を頼むよ。わたしは蔵へ行ってくるから」

「すまねえな」

後のことを手代に任せて席を立った番頭を、棟梁が拝んだ。

「大吉小判があるのか」

商人が誰に言うでもなく、声を漏らした。

小判にはその品質と本物であるとの保証となる刻印が裏面に刻まれていた。その刻印は小判を鋳造《ちゆうぞう》する吹屋《ふきや》棟梁と全体の確認をおこなう金座検《きんざあらた》め人のものの二種があり、それぞれ一文字を入れた。その刻印のなかに偶然金座検め人の「大」、吹屋棟梁の「吉」が入ることがあり、これを大吉小判と呼んだ。

大吉小判は、そのめでたい名前から縁起物として扱われ、贈答や祝儀に好んで使われていたが、小判など滅多に見ることのない庶民の手にはまず入らず、要るときは両替商に頼んで交換をしてもらうことが多かった。

「…………」

商人が様子を窺《うかが》うようにおとなしくなった。

「ふむ」

おとなしい相手をいつまでも摑んでいるのもなんだと、左馬介は手を離した。もちろん、いつでも対応できるように間合いは開けていない。

「……お待たせをいたしました。棟梁」

「すまないなあ、番頭さん。お出入り先が代替わりをなされてねえ。そのお祝いに贈りたいんだよ」

「いえいえ、これも商いの一つでございますので。どうぞ、お改めを」

番頭が棟梁の前に黒い塗りの盆を出し、小判を裏返して置いた。

「三枚……」

「最近、大吉小判はなかなか出回りませんので」

「……ううん」

棟梁が唸《うな》りながら小判を見比べた。

「耳はちゃんと確認しております」

小判の縁を少しずつやすりで削り、金の粉を手に入れるという碌《ろく》でもないことをする者がいるため、両替商はかならず新品の小判と形を合わせて減っていないか確認をした。

「それは疑ってやせんけど……どれがいいか」

棟梁が悩んだ。

大と吉の刻印は、いつも同じ場所に打たれるものではなかった。さすがに逆さまに刻印はされないが、傾くとか二つの間隔が狭かったり広かったりしている。

「さようでございますなあ。昨今は大に吉が近いほどいいと聞きまする」

番頭が流行を口にして助言した。

「となると、これか」

「かと存じまする」

指先で示した棟梁に番頭が同意した。

「じゃ、これを」

「はい。では少しお待ちを」

棟梁が選んだ小判を奉書《ほうしょ》に包んだ。

「……これでよろしいでしょうか」

「助かった。こういった折り方は出来ないからなあ」

棟梁が喜んで奉書包みを受け取った。

「いくら出せばいい」

「一両と二朱お願いをいたしまする」

「二朱でいいのかい」

「けっこうでございます」

驚いた棟梁に番頭が笑った。

「助かるぜ。大吉小判の値が上がっていると聞いたので、どれほどかかるかと震えていたんだぜ」

棟梁が一両と二朱出した。

「たしかにいただきました」

去っていく棟梁の背に番頭が頭を下げた。

「番頭さん」

遣《や》り取りを見ていた商人が、番頭に声をかけた。

「まだお出《い》ででしたか」

わかっていた番頭が嫌味を言った。

「その大吉小判を二枚譲ってもらいたい」

「大吉小判を欲しいと」

「ああ。一枚一両と二朱なのだろう。二枚なら二両と一分」

商人が言った。

「お祝いごとでも」

「祝いごとがなかったら、売ってくれないのか」

確認した番頭に商人が言った。

「お祝いごとでないならば、一つだけでお願いをいたしまする」

「商いだろう。買うというなら全部売るのが商人」

「たしかにそうでございますが、お客さまがお出でになられたとき、ございませんとは申せません。ましてやお祝いごとのときに手に入らないとなれば、お客さまもお困りになります」

番頭が首を横に振った。

「わかった、一枚でいい」

商人が一両と二朱出した。

「では、これを」

一枚を番頭が譲った。

「また来ます」

大吉小判を受け取って商人が出ていった。

「よかったのか」

左馬介が番頭に訊いた。

「かまいません。どうせ、数日で引き取ってくれと顔を出しますから」

番頭が金を仕舞った。

「どういうことだ」

「大吉小判はたしかに値打ちでございます。両替商のなかには一枚二両、三両で売っているところもあるやに聞いております る」

「三両っ」

高額に左馬介が驚愕《きょうがく》した。

「珍しいものでございますから」

番頭が告げた。

「それはわかったが、どうしてあいつが品を返しにくるのだ」

左馬介が疑問を口にした。

「誰も買ってくれませんから」

「えっ」

いつの間にか店に分銅屋仁左衛門が出てきていた。

「大吉小判は縁起物として高くで取引されておりまする。ということは……」

分銅屋仁左衛門が答えを求めるように、左馬介を見た。

「求める者が多く、品が少ない。となれば、偽物《にせもの》が出る」

「はい」

正解だと分銅屋仁左衛門がうなずいた。

「偽金造りは大罪ですが、天を大、太を大にするくらいなら罪にはなりません。すり減ったという言いわけが通りますから」

「うわあ」

左馬介が嫌な表情をした。

「本物か偽物かわからぬものを買う者はおりませぬ。大吉小判は両替屋だからこそ売り買いが出来るもの。両替商は金の目利きでは他に並ぶ者がございません。そのへんの商家の主が大吉小判を買ってくれと言ったところで相手にする者はおりません」

分銅屋仁左衛門が胸を張った。

「なるほど。で、先ほどの愚か者が買い戻しを求めてきたときは、いくらで引き取るのだ」

左馬介が尋ねた。

「大吉であろうが小吉であろうが、小判は小判。一両は一両。その日の相場で銭に替えさせてもらいます」

「一両二朱は銭で六千九百七十五文……それが六千二百文。七百七十五文の損」

「違いますよ。うちの手数料がございます。うちは世間さまより安いとはいえ、五分いただいておりますから三百十文ちょうだいしますので、一千八十五文の損ですな」

勘定した左馬介を、分銅屋仁左衛門が笑った。

「……思惑が外れたどころではないな」

左馬介が小さく首を左右に振った。

三

帯久は、吉次が村垣伊勢を訪ねた後で、死んだことを知った。

「女の細腕で吉次をやれるとは思わないが……そのあたりはどうでもいい。そこを突《つ》いて加壽美を誘い出せ」

「どこへ呼び出しやす」

「そうよなあ、店では都合が悪いか」

手下に問われた帯久が腕を組んだ。

「親爺《おやじ》さん、そこの河岸《かし》はどうでござんす」

衣兵衛が案を出した。

「河岸に船を着けておいて、そこに呼び出しをかけては」

「ふむ。船で運ぶか」

帯久が少し考えた。

「しかし、声をあげられては面倒だぞ」

「当て身の一つも喰《く》らわして、猿ぐつわを噛《か》ませればよろしいかと」

「他人目《ひとめ》さえ避けられれば、それでいいか」

衣兵衛の提案を帯久が呑んだ。

「そのまま引導を渡せばいいな。たしか田仲屋の寮が小梅《こうめ》村にあったな。そこへ運びこんでしまえ。田仲屋にはこっちから話をしておく」

「へい。いつにしやす」

「今日はもう座敷へ出ただろう。明日だ。明日の日が暮れのころに河岸へ呼び出せ」

「お任せを」

帯久の命を衣兵衛が受けた。

「若いのをお借りしてもよろしゅうございすか」

「船頭役、加壽美を逃がさぬように囲む役……三人もいればいいな」

衣兵衛の願いに帯久が指を三本立てた。

「女一人にそこまでせずともよいとは思いやすが、念を入れればそれくらいは要りましょう」

「十分に用意するんだ。失敗は許さねえぞ」

頭を下げた衣兵衛に帯久が釘《くぎ》を刺した。

芸妓《げいぎ》というのは身綺麗《みぎれい》にしておくのが矜持《きょうじ》であった。冬でも素足をとおすだけに、客の目が届く。足の爪に汚れが溜《た》まっていたり、指の股が黒ずんだりしているのは無粋、髪に雲脂《ふけ》や埃《ほこり》が付いているのは興ざめと、嫌われていた。

「ごちそうさま」

下駄《げた》を突っかけた村垣伊勢が軽く膝《ひざ》を折って品を見せた。

「姐《ねえ》さん、お稼ぎを」

番台に送られて、村垣伊勢は湯屋《ゆや》を出た。

「今日のお座敷は筆屋さま。ならばあまり派手な身形《みなり》は避けましょうか」

回しを取る売れっ子芸妓とはいえ、座敷ごとに衣装を替えることは出来なかった。となれば、どうしても今日呼んでくれている座敷のなかでもっとも大切な客の好みに合わせることになった。

「あの着物にするなら、櫛《くし》は塗りより白木か。簪《かんざし》は白銀《しろがね》の平打《ひらう》ち……」

装いを考えながら村垣伊勢は長屋へと向かった。

「……おっ」

村垣伊勢が少し前を歩いている左馬介を見つけた。

「諫山の旦那」

急ぎ足でも脛《はぎ》を見せないのが芸妓の技、村垣伊勢は下駄の音をわざと響かせながら、左馬介に駆け寄った。

「……うん」

後ろから迫る軽い足音に、左馬介が振り向いた。

「む……加壽美どの」

　あやうく本名で呼びかけた左馬介が、あわてて呼び直した。

「先日は、どうも」

　村垣伊勢が左馬介の前で頭を下げた。湯上がりで熱気を抜くために襟元《えりもと》を少し緩《ゆる》めている。その格好で身を折れば、襟の合わせから胸元の谷間が見える。

「……あ、いや」

　男の性《さが》、左馬介はしっかりと目を奪われた。

「ふっ」

　村垣伊勢が小さく嗤《わら》った。

「湯屋の帰りかの」

「あい。諫山の旦那も」

「ああ。これから仕事じゃ」

　村垣伊勢の胸元から目をようやく離して、左馬介が告げた。

「あたしもこれからお座敷でござんすよ」

「たいへんじゃの」

　左馬介が感心した後声を潜めた。

「あれ以降はどうだ。布屋にはあの場のまま話しておいた」

「布屋が一度確かめに来たが、以降なにもない」

長屋の職人は衣兵衛のことを村垣伊勢に教えていなかった。

「気を付けてな」

「おかたじけ」

長屋へと曲がる辻《つじ》で二人は別れた。

「お待たせしたかい」

村垣伊勢が戸障子の前で立っていた女髪結《かみゆ》いに詫《わ》びた。

「いえいいえ。今来たところで」

女髪結いが手を振った。

「いつものようにお願いするよ」

「任せてくださいな」

もう何年も村垣伊勢の髪をいじっている。細かい指示を出さずともすむ。

「景気はどうだい」

髪に櫛を通されながら、村垣伊勢が問うた。

「ありがたいことによくなってますよ」

女髪結いが手を緩めることなく話した。

「奥さま方のお招きも増えましたし」

髪結いには自前の店を持って客を待つ者と、道具を持って客先を回る者がいた。男の客は武家かよほどの大家でもなければ、店へ出向く。そのほうが安いし、終わった後も馴染《なじ》み同士で将棋を指したり、雑談をかわして楽しめる。

一方、見知らぬ男に髪を崩した姿を見せるのをよしとしない女は、長屋のおかみ連中でも回りの髪結いを呼んだ。

「ご倹約がうるさくなくなったからかねえ」

「だと思いますよ。お邪魔するたびに新しい櫛や簪を拝見出来ますから」

吉宗の倹約令は女の髪飾りにも影響を及ぼし、簪や櫛も地味なものでなければ、御用聞きに咎めを受けたりした。それが吉宗の死で変わったと女髪結いは言っていた。

「最近の流行はどんなんだい」

「櫛は赤漆《あかうるし》に貝の象眼《ぞうがん》ですかねえ。簪は金銀合混ぜで光り加減が違うものが人気だとか。日本橋《にほんばし》の都屋《みやこや》さんが、いろいろな意匠をこらした櫛や笄《こうがい》、簪を売り出されたと評判になってますよ」

「そうかい。一度行ってみるかねえ」

女として普通の反応を村垣伊勢が見せた。

「おつかれさま。結い終わりましたよ」

「ちょっと後ろを見せてくれるかい」

「はいな」

女髪結いが合わせ鏡をした。

「いつもながら結構だねえ」

出来あがりに満足したと村垣伊勢がうなずいた。

「じゃ、お立ちを」

「あいよ」

続いて着付けである。

芸妓に扮《ふん》して数年、村垣伊勢も着付けは出来るが、どうしても他人にしてもらうより帯の形に不満が出る。

「はああ」

襦袢《じゆばん》姿になった村垣伊勢を見て、女髪結いがため息を吐《つ》いた。

「女のあたしでも惚《ほ》れ惚《ぼ》れしますねえ」

「ありがとうよ。褒《ほ》められて悪い気はしないねえ」

村垣伊勢もほほえんだ。

「ただ、着付けには向きませんけどねえ」

胸の下に手拭《てぬぐ》いを何枚も折ったものを宛《あて》がいながら、女髪結いが首を左右に振った。

「……息を吐いてくださいな」

「はあ」

村垣伊勢が息を吐くのに合わせて、女髪結いが帯を締めた。

「きつ過ぎませんか」

「大丈夫」

具合を訊かれた村垣伊勢がぽんと帯を叩《たた》いた。

「じゃあ、頼むよ」

「はい」

毎日女髪結いを呼ぶだけに、その日その日の支払いは小銭が要るだけ面倒であった。かといって小判や一分銀などで支払うと、女髪結いが釣りを用意しなければならなくなる。

馴染みの客の支払いは、節季ごとのまとめ払いであった。

「では、また明日」

ささっと道具を片付けて女髪結いが帰っていった。

「さてと」

朝に沸かした湯冷ましを一杯含むと、紅を引いて村垣伊勢は加壽美になる。

「今日も稼げますように」

神棚に手を合わせ、切り火を一つ打ちつけて火花を飛ばして、村垣伊勢が戸障子を開けて出た。

長屋に外鍵はなかった。盗《と》るほどのものはないこともあるが、なにせ周りが顔見知りばかりで見慣れない者が現れると、長屋中で警戒する。

「…………」

長屋の木戸を出たところで、一瞬だけ村垣伊勢が目をすがめた。

浅草から柳橋までは半里（約二キロメートル）ほどである。川沿いをゆっくり歩いても小半刻（約三十分）ほどしかからない。

「そもそも松の目出度《めでた》き事、万木《ばんぼく》に勝《すぐ》れ、十八公《じゅうはっこう》の粧装《よそおい》……」

去年ぐらいから流行《はや》り出した長唄の相生松《あいおいまつ》を口ずさみながら、村垣伊勢が川沿いを進んだ。

「兄い、どうしやす」

衣兵衛に若い男衆が問うた。

「船はどうだ」

「七つ（午後四時ごろ）には、柳橋のたもとに止めているはずで」

手配りを訊いた衣兵衛に若い男衆が答えた。

「やっちまいましょうよ、兄い」

「逸《はや》るな、富助《とみすけ》」

夜まで待つのはまどろっこしいと急《せ》かす富助を衣兵衛が抑えた。

「これから座敷だぞ。加壽美が来ないとなれば、茶屋から人が出る。明るいうちだと誰が見ていねえとも限らねえ。待ちな」

「見ていても掠《さら》っちまえば、どこへ連れ去られたか、わかりゃしやせんよ。それに今なら田仲屋の旦那が来るまでに、ちょっと楽しめるじゃござんせんか」

富助が下卑《げび》た嗤いを浮かべた。

「落ち着け、しくじるわけにはいかねえんだ。少しの辛抱だからな。うまくいけば、田仲屋さんから、かなりの金が出るはずだ。その金を持って吉原にでも行こうじゃないか」

「吉原もよろしゅうござんすがねえ、あれだけの女は太夫《たゆう》にもいやせんぜ」

「客より先に味見なんぞしてみろ。明日、おめえは大川で土左衛門だぞ」

「……うっ」

衣兵衛に言われて、帯久の怖ろしさを思い出した富助が詰まった。

「柳橋だけじゃねえ。遊所で生きていくつもりなら、決して商品に手出しをしちゃあいけねえ、折檻《せっかん》されることになる」

「へえ……」

富助の勢いが消えた。

「どちらにせよ、このあたりがよさそうだ。おまえら、ここで待ち伏せていろ。目立つようなまねをするなよ。おとなしく身を隠しておけ。おいらは加壽美の後を付ける」

「へえ」

「承知」

衣兵衛に付いてきた若い衆が首肯《しゅこう》した。

四

芸を売るだけとはいえ、求められれば酌もするし、返杯も受ける。いくら美貌で踊り、長唄の名手であろうとも、愛想が悪いと人気は出ない。

「おつかれさま」

最後の座敷を務めた村垣伊勢を茶屋の女将《おかみ》が見送りに出てくれた。

「ずいぶんと戸田屋《とだや》さんから盃《さかずき》をいただいていたようだけど、大丈夫かい。駕籠《かご》を呼んだほうが……」

「お気遣いおかたじけ。これくらいの酒、酔っちゃいませんよ」

「本当かい。まあ、加壽美さんのことだから問題はないと思うけどねえ」

掌《てのひら》をひらひらさせた村垣伊勢に女将が不安そうな表情を浮かべた。

「浅草まではすぐですよ。お世話さま。またお願いします」

軽く腰を屈《かが》めて礼をし、村垣伊勢が茶屋に背を向けた。

「そもそも松の目出度き事、万木に勝れ……」

学び始めたばかりの長唄は練習を重ねないと吾《わ》がものにならない。行きと同じく相生松を口にしながら、村垣伊勢は川沿いに出た。

「……ふん」

少し足取りを怪しくしながら、村垣伊勢が鼻で嗤《わら》った。

「おいっ」

すでに刻限は四つ（午後十時ごろ）を過ぎている。いかに柳橋に近いとはいえ、まともな者はもう帰宅している。たまに通るのは酔って気が大きくなり、そのまま次の店へとふらついている者か、他人目《ひとめ》を避けて博打場《ばくちば》への行き帰りをする法度《はっと》破りくらいで、悪事をなすにはちょうどよかった。

「あたしかい」

背後から呼ばれた村垣伊勢が首だけで後ろを見た。

「ちょっとつきあってもらう」

「お断りだね。どこの誰とも名乗らない怪しいのにつきあうほど、酔狂じゃないよ」

村垣伊勢がさっさと首を戻して歩き出した。

「やるぞ」

衣兵衛が合図を出した。

「待ちくたびれた」

「…………」

富助ともう一人の若い男衆が現れた。

「おや、か弱い女に三人がかりかい」

「強気なのも今のうちだ。おめえだろう、吉次をやったのは。お畏《おそ》れながらと訴え出たら、どうなるかわかっているのか。三尺《さんじやく》高い晒台《さらしだい》に首が載るぜ」

嘲笑《ちようしよう》した村垣伊勢に、衣兵衛が脅しにかかった。

「あいつは女の細腕にやられるほど、情けない男だったんだ」

「強気がいつまで続くか。とっとと積みこめ」

衣兵衛が富助らに命じた。

「もらったあ」

「……………」

抱きつくようにして富助たちが村垣伊勢に飛びかかった。

「きゃあとでも言うべきなんだろうが……いい加減うっとうしい」

村垣伊勢の口調が変わり、二人の若い男衆が崩れ落ちた。

「へえっ」

状況の変化に衣兵衛が間の抜けた声を出した。

「吉次は警告のつもりだったのだが……わからなかったようだな。もっとはっきりした見せしめがいるようだ」

村垣伊勢が衣兵衛にゆっくりと近づいた。

「うわっ、なんだ、おめえは」

衣兵衛が腰を抜かした。

「柳橋芸者の加壽美。それもわたし」

座敷衣装の褄《つま》を取りながら、村垣伊勢が口の端を大きく吊《つ》りあげた。

「ば、ばけもの」

夜目に赤い紅を塗られた唇がぬめりと光ったのに、衣兵衛が怯《おび》えた。

「ま、待ってくれ。俺は親爺に言われて……」

「言われたからといって、手出しをしたのはおまえだ」

帯久に責任を押しつけようとした衣兵衛を、村垣伊勢が一蹴《いっしゅう》した。

「なんのためにわたしを掠《さら》おうとした」

「た、田仲屋が、どうしてもおまえを吾がものにしたいと」

「田仲屋か。酒屋の」

「そ、そうだ」

衣兵衛が首を上下に振りながら、目をあたりに散らして逃げる隙《すき》を探した。

「船はどこだ」

人を掠って運ぶには駕籠か船が要る。さすがに担いで走れば、目立つ。

「橋のたもとに」

衣兵衛がそちらに目をやった。

「そうか。もういい」

すっと村垣伊勢が前に出て、衣兵衛の鎖骨の合わせ目の少し上に掌に忍ばせていた長い針を打ちこんだ。

「かはっ」

「心配するな。すぐには死なぬ。息がしにくくなるだけだ」

苦悶《くもん》の表情を浮かべた衣兵衛の頭を抱くようにして、村垣伊勢が囁《ささや》いた。

「動けば死ぬのが早くなるぞ」

針を抜きながら、村垣伊勢が衣兵衛に注意を与えた。

「……船。ああ、あれか」

柳橋のたもとには、川漁師の船や川遊びに使う船がいくつも舫《もや》っている。もっとも夜が更けてから船出をする者はまずいない。いくつもある船を一々探るまでもなく、船頭がいれば、それが衣兵衛の仲間であった。

「…………」

見事な裾《すそ》さばきで村垣伊勢が、その船に走った。

「へっ」

仲間を待つ間煙管《きせる》をふかしていた船頭役が、鮮やかな衣装を身にまとった芸妓が風のように近づいてくることに驚愕した。

「……帯久の者だな」

「か、加壽美」

揺らすことなく船の上に立った村垣伊勢に、船頭が息を呑んだ。

「寝ておけ」

衣兵衛から抜いた針を村垣伊勢が船頭の左乳の下に刺した。

「ひくっ」

心《しん》の臓を刺し貫かれた船頭が一瞬痙攣《けいれん》した後脱力した。

「さて……」

軽く岸に戻った村垣伊勢は、倒れている三人を船に運びこんだ。

「重い……女のすることではないな」

船の舫いを解いた村垣伊勢が、間合いを計った。

「ここまでだな」

村垣伊勢が船の縁を思い切り踏みつけるようにして跳び、岸に繋《つな》いである船へと移った。

　そして、思い切り重心を狂わされた帯久の用意した船が引っくり返った。

「……もとを断たねば」

　村垣伊勢が帯久へと駆けた。


　一夜の待ちぼうけを喰らわされた田仲屋は、夜明けとともに憤慨をもって帯久に怒鳴りこんだ。

「ふざけるんじゃない。このわたしを一晩待ちぼうけさせたんだ、それ相応の覚悟はあるだろうな」

　茶屋の格子戸を開けたところで叫んだ田仲屋は、誰も出てこないことに首をかしげた。

「おいっ。誰か、いないのかい」

　田仲屋が怪訝《けげん》な顔をした。

「客が来ているのに、誰も出てこないとは……しつけが出来ていないね。これはもう、ここから手を離すべきだな」

　文句を言いながら、田仲屋が帯久のなかへと足を進めた。

「……おい。久兵衛《きゆうべえ》」

帯久の名前を呼びながら、田仲屋が奥の間の襖《ふすま》を開けた。

「……酔い潰れているのか」

長火鉢にもたれかかるようにして帯久が姿勢を崩し、その周囲に酒徳利が数本転がっていた。

「酒臭い……」

鼻をつまんで田仲屋が座敷に入り、帯久の肩に手をかけた。

「起きなさい、起きないか」

揺さぶられた帯久がずるずると畳の上へ崩れた。

「そこまで呑む……まさか」

田仲屋が帯久の異変に気づいた。

「し、死んでる。だ、誰か、来ておくれ」

白目を剝《む》いた帯久の顔をまともに見た田仲屋が、悲鳴をあげた。

村垣伊勢の姿は、田沼主殿頭《とのものかみ》意次の屋敷にあった。

「…………」

小さく村垣伊勢は、田沼意次の居室の天井板を叩いた。

「……一同、遠慮いたせ」

登城の準備をしていた田沼意次が近習《きんじゅ》たちを遠ざけた。

「誰か」

他人《ひと》払いをしてから田沼意次が誰何《すいか》した。

「村垣にございまする」

「伊勢か、珍しいの。降りて参れ」

田沼意次が許可を出した。

「御免を」

音もなく村垣伊勢が床へと降りた。

「なにがあった」

朝のお側御用取次は忙しい。お役目がお役目である。老中や他の役人たちよりも早く家重の側《そば》に付いていないとならないのだ。でなければ、お側御用取次のいない隙を見計らって、家重へ目通りをしようという不埒《ふらち》な者が出かねない。

「申しわけございませぬ」

まず詫びてから、村垣伊勢が数日来の出来事を語った。

「ふむ。少し目立ちすぎたか」

芸妓というのは酒席に侍《はべ》る。酒が入って口の軽くなった客から、いろいろな話を聞けるので、江戸地回り御用にはうってつけであったが、人気が出てしまうと却《かえ》って碌《ろく》でもないことになった。

「わかった。そなたは芸妓から身を退《ひ》け」

「申しわけございませぬ」

田沼意次の言葉に村垣伊勢がふたたび謝罪した。

「かまわぬ」

「この後はいかがいたしましょう」

手を振った田沼意次に村垣伊勢が問うた。

「せっかく作った諫山とのかかわりを切り捨てるのはもったいない。分銅屋が裏切らぬかどうかを見張る意味もある」

「では、このまま」

「金は出してやる。身請《みう》けされた体《てい》を取れ。住まいはそのままでよかろう」

賄賂《わいろ》で受け取った金が余っている。田沼意次が村垣伊勢にしっかりと退き祝いをせよと命じた。

芸妓は身請けされるか、自ら身を退くかのどちらかで現役を辞める。退き祝いもなく、村垣伊勢こと加壽美がいなくなれば、いろいろと疑う者が出てくる。とくに、帯久のことがあるとなれば、下手《へた》に身を隠すのは、その一件にかかわりがあるように勘ぐられてもしかたない。

「派手にやれ」

「畏れ入りまする」

笑った田沼意次に深く一礼して、村垣伊勢が天井へと跳びあがった。

「おもしろくなりそうだ。あの伊勢が……」

田沼意次が呟《つぶや》いた。

「皆、戻れ」

のんびりしている間はない。田沼意次が手を叩いて、近習たちを呼び戻し、登城の準備に取りかかった。

帯久が茶屋で死んでいたとの報《しら》せを受けて、布屋の親分が出張《でば》った。

「またも傷なしか」

素裸にした帯久の死体を前に、布屋の親分が嘆息《たんそく》した。

「医者を呼んできやした」

彦九郎が近所の医者を連れてきた。

「先生、診《み》てくだせえな」

「死人かいな」

歳《とし》老いた医者が寝かされている帯久の横に屈みこんだ。

「傷もなし、顔色も変わっておらぬ。こりゃあ、酒を呑んでいる最中の頓死《とんし》じゃな」

医者が検死を終えた。

「殺しということは」

「まずないな。まあ、愚昧《ぐまい》の知らぬ毒などがあれば別じゃがの」

念を押した布屋の親分に医者が首を横に振った。

「先生、お疲れさまで。これは清めの塩代でござんす」

すばやく布屋の親分が懐紙《かいし》に一朱銀を包んで渡した。

「これはごていねいに」

受け取った医者が喜んで帰っていった。

「親分、どういたしやす。東野の旦那にはお報せしやすか」

「お報せはせんならんだろうが、お出張りを願うわけにはいくまい。医者が頓死だと言ったんだ。それを覆《くつがえ》すには、相応のものが要る」

彦九郎の問いに布屋の親分が嘆息した。

「では、この一件は終わりということでよろしゅうございますか」

「終わりじゃねえ。気に入らぬことがある」

訊いた彦九郎に布屋の親分が低い声を出した。

「なにがお気になると」

彦九郎が首をかしげた。

「一軒の茶屋で十日も経《た》たないうちに、頓死が二人も出るか」

「滅多にないことだとは思いますが……」

あり得ない話ではないと、彦九郎が匂《にお》わせた。

「なら、この茶屋の奉公人はどうした」

「あっ」

布屋の親分に言われて彦九郎が驚きの声を漏らした。

「女中は通いだと吉次のときに聞いたが、男の奉公人がまだ何人かいたはずだ。それの姿がない」

「調べやす。おい、付いてこい。家捜《やさが》しするぞ」

彦九郎が下っ引きを指図して、茶屋のなかを捜索した。

「戸板に載せて、いつでも運び出せるようにしておけ」

布屋の親分が残っていた手下の平三に命じた。

「親爺が死んだことを知って、かかわりを怖れて逃げたというならわかるが」

帯久が店を開いたとき、このあたりは五輪の与吉の縄張りであった。布屋の親分が
ここを手にしてさほどにはならない。そのため布屋の親分は帯久のことも奉公人の質
もまったく知らなかった。

「……金はあるな。ますます気に入らねえ」

長火鉢の引き出しを開けた布屋の親分が小判を見つけて、独りごちた。

怪しげな茶屋の奉公人が、逃げ出すときに店の金を残していくことはまずなかった。

「他に隠し金でもあるか」

茶屋の親爺も奉公人を信用してはいない。店の金とは別に、いざというときのため
にまとまった金を誰にも知られないところに隠していることは多い。

「平三、畳をあげてみろ」

「へい」

十手の先を縁《へり》に突っこんで、平三が畳を動かした。

「床板は外れるか」

「……釘で打ちつけられてやす」

布屋の親分の確認に、平三が首を左右に振った。

「床下は違うか。そこの簞笥《たんす》を踏み台にして、天井裏を覗《のぞ》いてみろ」

「……なにもありやせん」

平三がまたも首を横に振った。

「神棚の後ろか」

御用聞きを長くやっていると金の隠し場所もよく知っている。

布屋の親分が神棚のなかへ手を入れた。

「……うん」

突っこんだ手の先になにかを感じた布屋の親分が引きずり出した。

「重いな」

布屋の親分が取り出したのは、大きめの巾着《きんちゃく》袋であった。

「こいつは……百両ではきかねえな」

巾着袋を開けて覗きこんだ布屋の親分が驚いた。

「……親分」

男衆らの部屋を探っていた彦九郎たちが戻ってきた。

「どうだった」

「衣服も財布もございました」

布屋の親分から結果を問われた彦九郎が告げた。

「気に入らねえ」

苦い顔をよりゆがめて布屋の親分が言った。


立派な駕籠が分銅屋の店先に降ろされた。

「主はおるか」

駕籠の供をしていた武士が店に入るなり、挨拶《あいさつ》もなしに問うた。

「どちらさまで」

番頭が応対に出た。

「そなたが主か」

「いえ、わたくしは店を預かっております番頭でございまする」

じろりと見られた番頭が、違うと返した。

「奉公人か。そちでは話にならぬ。主を出せ」

「お約束は」

「商人風情《ふぜい》が、武士に先触れを寄こせと申すか。慮外者《りよがいもの》めっ」

面会の約束はあるのかと確認した番頭を武士が怒鳴りつけた。

「申しわけございませぬ。あいにく、主は他行いたしておりまして」

番頭が首を横に振った。

分銅屋仁左衛門は御三家《ごさんけ》の当主、老中とでも相対することが出来る豪商である。いかに武士とはいえ、約束のない者と会うことはまずなかった。

「なにっ、留守だと申すか」

「へえ。朝から商用で出かけておりまする」

大声をあげた武士に番頭が平然と告げた。

「どこに参っておる。すぐに呼び返せ。ご家老さまに無駄足をさせるつもりか」

「田沼さまのお屋敷でございまするが……」

「むっ。お側御用取次の田沼主殿頭さまのもとか」

面倒な客の追い払いに、田沼意次の名前は効果抜群である。方便に名前を使うくらいのことは、田沼意次にしている。もちろん、分銅屋仁左衛門は奥にいた。

「田沼さまの御用とあれば、いたしかたなし。主が戻ったなれば、ただちに当家へ参るように申せ」

「しかと伝えておきまする」

「うむ」

武士が店を出ていき、駕籠のなかとなにか話をしているようであったが、そのまま去っていった。

第三章　寵臣の血筋

一

東野市ノ進が、分銅屋仁左衛門を訪ねてきた。

「ようこそお見えくださいました」

節季ごとに金を渡しているとはいえ、相手は町奉行所の同心である。分銅屋仁左衛門はもっともよい客間へ通し、下座で頭を垂れた。

「忙しいときに悪いな」

東野市ノ進も分銅屋仁左衛門には強気に出られない。怒らせれば、己《おのれ》だけでなく南町奉行所全体が揺らぐ。

「少し話を聞きたくての」

「さようでございますか」

分銅屋仁左衛門が東野市ノ進の求めに、ほほえみながら応じた。

「柳橋の茶屋で帯久というのを、分銅屋は知っているかい」

「帯久でございますか。使ったことはございませんが、名前だけは存じております
る」

東野市ノ進の質問に分銅屋仁左衛門が答えた。

「その帯久が死んでな」

「はあ、それがわたくしにかかわりでも」

分銅屋仁左衛門が怪訝《けげん》な顔をした。

「帯久が死んだのは、昨日らしいんだがな。その前に帯久の若い者が……」

言いにくそうに東野市ノ進が口ごもった。

「若い者がどうなさいました」

先をと分銅屋仁左衛門が促した。

「……どうやらこちらの用心棒ともめ事を起こしていたらしいのだ」

「諫山さまと」

分銅屋仁左衛門が困惑の様子を見せた。

「その若い者が、諫山さまともめたと申しておるのでございますか」

「いや、そいつは大川に浮かんでいてな」

問われて東野市ノ進が難しい顔をした。

「はて、それでは諫山さまとのかかわりが……」

「その諫山が、布屋のもとに来てな。そいつともめたことがあると」

「布屋の旦那に」

すでに左馬介から報告は受けているが、驚いた振りをした。

「でなあ、ちいと用心棒と話をしたいのだ」

「わかりました」

うなずいた分銅屋仁左衛門が、手を叩《たた》いた。

「お呼びでございますか」

襖《ふすま》が開いて、女中の喜代が顔を出した。

「諫山さまを」

「はい」

喜代が一礼して襖を閉じた。

「最近はいかがでございますか」

左馬介が来るまで分銅屋仁左衛門が世間話を持ちかけた。

「帯久までは落ち着いていたんだがな」

東野市ノ進が苦笑した。

「そっちこそ、商いは順調のようじゃねえか」

「おかげさまで、世の中に金が回るようになりました」

分銅屋仁左衛門が頬を緩めた。

「呉服屋、小間物屋が息を吹き返したそうだな」

「酒屋、料理屋、茶屋も人気だそうで」

「そうか。帯久も客筋はよくないが、流行《はや》っていたと聞いた」

「客筋の悪い茶屋でございますか」

嫌そうな顔を分銅屋仁左衛門がした。

「柳橋での評判は、これ以上ないというほど悪いな」

東野市ノ進が眉間《みけん》にしわを寄せた。

遊所も町奉行所の管轄である。身体《からだ》を売ることを看板としている岡場所は、御法度《ごはっと》のためそこから金を受け取るわけにはいかないが、柳橋や深川など芸妓《げいぎ》を置いて、客を遊ばせるところからは節季ごとの気遣いを受け取れる。それだけに柳橋の評判を落とし、身体を目的とする客を増やす帯久のような店は困る。

「お手入れはなさいませんでしたので」

放っておいたのかと分銅屋仁左衛門が懸念《けねん》を見せた。

「茶屋だからなあ。岡場所と違って踏みこみにくい」

岡場所はあからさまに性を売る。しかし、茶屋の場合は芸妓と客の間の話になる。枕《まくら》芸者というのも、突き詰めていけば御法度になるのだが、それを言い出せば、芸妓を後援し、着物、簪《かんざし》などを買い与える旦那との関係も違法になってしまう。

「難しいものでございますな」

分銅屋仁左衛門が嘆息《たんそく》した。

「御免、諫山でござる」

ちょうど左馬介が来た。

「どうぞ、お入りを」

分銅屋仁左衛門が、少し座をずらした。

「これは町方のお方」

しっかり喜代から東野市ノ進に呼び出されたと聞いているが、そこは知らぬ顔で左馬介が目を見張って見せた。

「すまぬの。仕事中であろう」

東野市ノ進が大得意の分銅屋仁左衛門への配慮を口にした。

「いやいや、拙者がおるより、町方のお方がお見えのほうが安全でござる」

左馬介が手を振った。

「早速だが、おぬし帯久の若い者で吉次というのを知っているな」

「吉次かどうかは忘れましたが、柳橋の男衆ならば、一度懲《こ》らしめたことがござる」

町方の役人にも話した以上、ここで妙なごまかしは出来なかった。

「いきさつを話してくれ」

詳細を東野市ノ進が要求した。

「十日にはならぬと思いまするが、分銅屋での仕事をすませ、長屋に戻って仮眠を取っておったところ、隣から女の悲鳴が聞こえましたゆえ……」

「隣といえば、柳橋芸妓の加壽美かい」

「さようでござる」

確認する東野市ノ進に左馬介が首肯《しゅこう》した。

「悲鳴が聞こえたので、そのまま隣家へ参り、無体《むたい》を仕掛けようとしていた男を取り押さえました」

「刀は」

「咄嗟《とっさ》だったので無腰でございました」

「……咄嗟なればこそ、刀に手が伸びるのでは」

答えた左馬介に東野市ノ進の目が細められた。

「恥ずかしい話、剣術は不得手でござって」

「竹光《たけみつ》かい、それは」

恥じ入ると頭を掻《か》いた左馬介に、東野市ノ進が訊《き》いた。

「形《なり》だけでございますよ」

左馬介に代わって分銅屋仁左衛門が告げた。

「形だけ……」

「はい。どうしても当家は賊に狙われ易《やす》うございますが、刀の苦手なお方では困ります。かといって刀を振り回されては、家のなかが血だらけになりましょう。それも困りものでございまする」

「なるほど刃筋が合わぬか」

分銅屋仁左衛門の言いぶんを東野市ノ進が納得した。

刀は刃筋が合わないとその威力をうまく発揮できないだけではなく、刀が曲がったり、折れたりした。

「そこで刃がなくても、相手を打ち据えて取り押さえることが出来るようにと鉄で刀の形のものを造りまして」

分銅屋仁左衛門が説明した。

「見せてもらっていいか」

東野市ノ進が手を出した。

「どうぞ。諫山さま、お渡しを」

やはり分銅屋仁左衛門が許可を出した。

「ご覧あれ」

左馬介が礼儀に合わせて、太刀《たち》の柄《つか》を東野市ノ進へと向けて差し出した。

「拝見」

さすがに太刀を見るとなれば、相応の対応が要る。

懐紙《かいし》を口に咥《くわ》えた東野市ノ進が、左馬介の太刀を抜こうとした。

「…………」

何度も試して確認した東野市ノ進が、ようやくあきらめた。

「重いな」

懐紙を取った東野市ノ進が感嘆した。

「盗賊の刀を受け止めて、へし折らねばなりませぬ」

用心棒の役目は盗賊を捕らえることではなく、家人と財産を守ることである。そのためには、盗賊の武器を確実に破壊しなければならなかった。

「話を戻すが、吉次は捕まえず、放したのだな」

「加壽美どのが、放してくれるようにと言われたので」

「茶屋相手の醜聞《しゅうぶん》を嫌ったか」

左馬介の口にした理由を東野市ノ進が受け入れた。

「それ以降吉次とは」

「会っておらぬ」

念を押した東野市ノ進に、左馬介が首を横に振った。

「吉次以外の帯久の者とは」

「会ってもおりませぬ」

左馬介が知らないと応じた。

「東野さま、なにがございましたので」

分銅屋仁左衛門が割りこんだ。

「先ほども言っただろう。帯久が死んでいたと」

「それだけでございますか」

真実ではあるが、すべてを話していないだろうと分銅屋仁左衛門が指摘した。

「……言いにくいんだ。察してくれ」

東野市ノ進が苦い顔をした。

「それでは収まりが付きませんね。当家の雇い人である諫山さまに疑いをかけておられるとしか思えませぬが」

「そうではない。そうではないのだ」

金主《きんしゅ》の機嫌を損ねれば、南町奉行所全体の収入が減る。あわてて東野市ノ進が否定した。

「恥ずかしい話、なにもわからぬ」

東野市ノ進がため息を吐《つ》いた。

「医者に言わすと帯久は、飲酒の最中の頓死《とんし》だろうという」

「酒好きにはままあることですな」

分銅屋仁左衛門がうなずいた。

「問題は、店の男どもが一人もいないのだ」

「碌《ろく》でもない連中のように伺いました。主《あるじ》が死んだのを見て、金目のものを持ち逃げしたのでは」

「金が残っていたのだ。それで困っている」

分銅屋仁左衛門の説に東野市ノ進が戸惑いを露《あら》わにした。

「金ならば、あわてていたからとか、見つけられなかったとかもあるが、男たちの部屋には、自前の財布、衣服などが残されていた」

「それは妙な」

悩む東野市ノ進に、分銅屋仁左衛門も同意した。

「そこで藁《わら》をも摑《つか》むつもりで、ここへ来たというのが本当のところだ」

「なるほど。ですが、お力にはなれませんな」

分銅屋仁左衛門が述べた。

「すまなかったな」

軽く頭を下げて、東野市ノ進が去っていった。

「諫山さま」

「吾《われ》ではないぞ」

目を向けられた左馬介が大きく手を振った。

「わかっておりますよ。諫山さまに腹芸は出来ません。もし、諫山さまの仕業なら、とっくにぼろが出てます」

「褒《ほ》められてる気はせぬな」

分銅屋仁左衛門の評に、左馬介が苦笑した。

二

女が男を殺すには、道具を使うか、毒を盛るか、閨《ねや》で陰嚢《ふぐり》を握り潰《つぶ》すかしかなかった。

「吉次の陰嚢は潰れてなかったんだな」

浅草門前町の分銅屋から布屋の家へ来た東野市ノ進が念を押した。

「へえ。まちがいないな」

「二つとも無事でございました」

問われた布屋の親分が手下に確認した。

「身体に傷はなかった」

「ございませんでした」

　表情を険しいものにした東野市ノ進に布屋の親分がうなずいた。

「加壽美は調べたんだろうな」

「手抜かりはございやせん。その日のうちに問いやした」

　じろりと睨《にら》む東野市ノ進に布屋の親分が訊いてあると答えた。

「帯久も殺された様子はない。吉次も溺死《できし》ではないが、傷も毒も出ぬか」

　東野市ノ進がため息を吐《つ》いた。

「手詰まりだな」

「すいやせん」

　天井を見あげた東野市ノ進に布屋の親分が詫《わ》びた。

　縄張り内で起こったことは、御用聞きが片付けるのが当たり前のことであった。十手捕り縄を預けてくれている町奉行所の与力、同心に恥を掻かせるのはまずかった。

「帯久のなかのもめ事ではねえのか」

　顔をもとに戻した東野市ノ進が、布屋の親分に尋ねた。

「誰か一人でも帯久の者を捕まえられればよろしいのでござんすが……」

　布屋の親分も手をこまねいていただけではなかった。縄張りのなかはもちろん、少し離れたところにも手下をやって、帯久から姿を消した男たちを探させていた。

「金も衣類も残しての逃亡。よほど切羽詰まったのだろう。となれば、帯久でなにかあって、まず吉次が殺され、そして帯久がやられた」

「そうとなれば、下手人《げしゅにん》はいなくなった男連中」

東野市ノ進の推測に布屋の親分が応じた。

「人相書きを出したいところだが……」

「帯久と吉次が殺されたという証《あかし》がなくては……」

布屋の親分が首を横に振った。

「親分」

「どうした、旦那の前だ、静かにしねえか」

帯久の男たちの行方を追っていた下っ引きが飛びこんできた。

「これは、東野の旦那」

気づいた下っ引きが、あわてて頭を何度も上げ下げした。

「なにがあった、彦九郎」

少し落ち着いたと見た布屋の親分が彦九郎を促した。

「霊岸島《れいがんじま》に土左衛門が三体あがりやした」

「……霊岸島は縄張りの外だぞ」

彦九郎の報告に布屋の親分が怪訝な顔をした。

「待て」

東野市ノ進が布屋の親分を制した。

「彦九郎だったな。その土左衛門だが、帯久の者じゃねえか」

「あっ。そうでやした」

言われた布屋の親分が手を打った。

「行くぞ。おいらがいたほうが話の通りが早かろうよ」

霊岸島は東野市ノ進の廻《まわ》り地域ではない。当然、他の定町廻《じょうまち》りの縄張りになる。そこで勝手なまねをすれば、軋轢《あつれき》になる。

東野市ノ進が筋をとおすと言って、立ちあがった。

帯久が変死したという話題は、二日も保《も》たなかった。

「加壽美姐《ねえ》さんが、身請《みう》けされた」

「どこのどいつじゃあ、姐さんを手中のものとする野郎は」

柳橋を代表する芸妓がいなくなる。柳橋は大騒動になった。

芸妓には身請けがつきものであった。芸妓とはいえ女には違いない。華と呼ばれる時期はそう長くない。いや、美醜に若さも売れるかどうかの条件になる芸妓は、その辺の女より厳しいものであった。

「あいつも落ちたな」

「芸はいいが、艶《つや》がなあ」

座敷のかからぬ日はないといわれた名妓の人気が陰る。そして人気商売ほど酷《むご》いものはない。一度落ちた人気はまず戻らない。

こうなると芸妓の価値はなくなる。と同時に女としても終わる。

なにせ芸妓は、見た目、唄《うた》い、三味線、踊りで売っている。そちらの腕をあげるために稽古《けいこ》を欠かさない。となると女一通りといわれる料理、縫いもの、掃除などを修業する間などなかった。

つまりは遊びでつきあうにはいいが、そのへんの職人や商人の妻には向かない。

いずれは行きどころがなくなる。

当然、芸妓も己のことを考えていた。

といったところで、ほとんどの芸妓は籍を預けている置屋《おきや》に借財があった。習いごとの謝礼、座敷着や帯留め、簪《かんざし》などの購入あるいは借り入れの費用など、相当な金を置屋から借りている。また、置屋も長く芸妓から儲《もう》けを取るため、高利貸しも真《ま》っ青《さお》になるほどの利子を取る。芸妓を引退するには、少なくとも置屋の借財を返さないとならない。

もちろん、身請けをする客が代わって返済をするが、それでも金額次第では話が流れる。

そのあたりを芸妓はよく読んでおり、この客を逃してはならないとなったときには、それこそ身体ごとぶつかっていく。

しかし、加壽美は事情が違った。

なにせ正体は女お庭番なのだ。それが置屋に借財など作るわけにはいかなかった。金を借りてしまうと、それは鎖になる。

加壽美は芸ごとが好き過ぎて、それを仕事とする芸妓になったという理由で、柳橋へ出ている。一応、どこかの置屋に籍がなければ、座敷へ出られないため、形だけとはいえ属してはいる。ただ、遠慮もなにも要らなかった。

「退《ひ》き祝いじゃ」

柳橋は帯久のことなど忘れて、祝いごとに浮かれた。

「淡路屋《あわじや》さんで、退き祝いだそうだ」

「そりゃあ、楽しみな」

派手を誇る柳橋である。一流の芸妓がいなくなるとなれば、盛大に送り出そうとするのが慣例であった。

「加壽美さん、おめでとうさま」

退き祝いを終えるまでは、柳橋の芸妓である。座敷がかかれば出てくる。噂《うわさ》を聞いた同僚の芸妓が祝いを口にした。

「お祝いありがとうございます」

加壽美が腰を少し曲げて、礼を言った。

芸妓が腰と膝《ひざ》を曲げることで礼に代えるのは、頭を下げることで簪や櫛《くし》が抜け落ちたり、髪型が崩れたりするのを避けるためであった。

もちろん、座ってのときは、しっかり頭を下げる。そのときも髪が崩れないよう、ゆっくりと品を作って真下ではなく、ほんのわずか斜めにした。

「でも、加壽美さんにそんな旦那がいるとは知らなかったよ。いつの間にそんな旦那を捕まえたんだい」

姉芸妓が少し妬《ねた》みを加えて問うてきた。

「そう、そう。どこのお大尽《だいじん》なんだい」

別の芸妓も興味を見せた。

「すいませんねえ。ちょっとはばかりのあるお人なんですよ」

名前は明かせないと加壽美が拒んだ。

「誰にも言わないから、教えておくれな」

「すいませんねえ」

食い下がる芸妓に加壽美が手を振った。

芸妓ほど口が堅いようで軽い者はいなかった。

さすがに客のことは口にしない。座敷での遣《や》り取りが外へ漏れたりすれば、上客は二度と足を運ばなくなる。

「尻《しり》だけでなく、口まで軽いか。おめえの出入りは禁止だ」

上客を失った茶屋が怒るのは当たり前であった。

「こういった理由で、出入りを禁じました。そちらさまでもご注意をなされますよう」

回状も出る。

そうなれば柳橋で商売は出来なくなる。

芸妓は座敷での話は、聞いていないとしていた。

そのぶん、仲間内のことは共有する。今、加壽美が旦那のことをしゃべれば、明日には柳橋の全員が知る。

「お名前は絶対に口にしてくれるなと」

「ずいぶんとお高いお方なんだねえ」

加壽美の返事に姉芸妓が皮肉を言った。

「姉さんのお客さんで、それだけのことが出来るお方となれば、おのずからわかるのでは」

後輩の妹芸妓がどうだとばかりに口を出した。

「小鶴《こつる》、加壽美さんのお客が何人いるか、わかっているのかい」

別の芸妓があきれた。

「ああ」

指摘された妹芸妓が今気づいたとばかりに、目を大きくした。

「日本橋の大店《おおだな》と呼ばれるお方は全部、神田《かんだ》の肥前屋さん、麻布《あざぶ》の西海屋さん、深川の深谷屋さん、浅草の下津屋はん……」

「ふわああ」

妹芸妓がお贔屓衆《ひいきしゅう》の名前を聞いただけで目を回しかけた。

「さあ、話はそこまでだよ。お客さまがお見えだ」

茶屋の女将《おかみ》が、話に花を咲かせている芸妓たちに注意を与えた。

さっと芸妓たちが表情を引き締めた。

「いいかい、加壽美さんの門出にけちを付けるようなしくじりはするんじゃないよ」

「合点承知」

先輩芸妓の一人が、芝居の口ぶりで場を盛りあげた。

分銅屋仁左衛門は左馬介を引き連れて、田沼意次のもとへいつものご機嫌伺いに向かった。

「分銅屋、なにか世情に珍しい話はないか」

田沼意次が来客の合間に分銅屋仁左衛門を招き入れた。

「珍しいとまではいきませんが、柳橋の茶屋で……」

分銅屋仁左衛門が帯久の話をした。

「ほう。茶屋から人が消えたか」

田沼意次が興味を見せた。

「噂になるほどその茶屋は流行《はや》っているのか」

「さあ、存じませぬ。一度もその茶屋へ行ったことがございませぬので」

訊かれた分銅屋仁左衛門が首を横に振った。

「その茶屋は知らぬか。柳橋には足を運んでおるのか」

「まったくないとは申しませんが、ほとんど参りませぬ」

分銅屋仁左衛門がもう一度首を左右に振った。

「ふむ。では、普段どこで遊ぶ」

「遊びませぬ」

「若いのに、もう枯れておるのか」

田沼意次が驚いた。

「枯れてはおりませぬが、遊びにあまりいい思い出がございませず」

「妓《おんな》にだまされでもしたか」

感情を殺した声で言った分銅屋仁左衛門に田沼意次が問うた。

「わたくしが……いえいえ。先代でございますよ。商いを番頭に任せきりで、妓に博《ばく》打《ち》にと遊び尽くしまして、分銅屋の暖簾《のれん》をあやうく下ろすことになりかねまして。それを取り戻すのに何年かかりましたことか」

分銅屋仁左衛門が大きくため息を吐いた。

「先代が馬鹿をしたか」

「はい。お恥ずかしい話でございまする」

「商いも人よな。政《まつりごと》も同じよ」

田沼意次も苦い顔をした。

「いけませぬか」

「いかぬのう。今の御上《おかみ》は、ちょうどそなたの先代と同じよ。無駄に金を遣うことばかり考え、儲けるということを気にもせぬ」

吐き捨てるように田沼意次が言った。

「いや、武士が金儲けを企《たくら》むなど、卑《いや》しいと嫌がる」

「金儲けが卑しいと」

分銅屋仁左衛門があきれた。

「金がなければ、どうやって米を買い、人を雇うと」

「それよな。金がなくなれば、百姓、民から取りあげればいいと考えておる」

「斬《き》り盗《と》り強盗、武士の倣《なら》いでございますか」

田沼意次の言葉に分銅屋仁左衛門が鼻で嗤《わら》った。

「まったく、いつまで経《た》っても乱世のつもりでおる。天下の政をするには金が要《い》ることもわかっておらぬ。新田を開発するにも、人足の賃金、飯代、鍬《くわ》などの購入代がかかる」

「それくらいはご存じでございましょう。新田開発はどこともなさっておられましょうに」

分銅屋仁左衛門が首をかしげた。

天下が泰平になったことで、武家の収入は固定された。そのおかげでなにもしなくても武士は代々同じだけの収入を約束された。

しかし、物価はそうではなかった。米はもとより、味噌《みそ》、醤油《しょうゆ》、魚、衣服などすべてのものが需要と供給によって値段が上下するようになった。いや、泰平になり戦《いくさ》で人が死ななくなったぶん、人口が増え需要が増したことで値上がりしてしまった。

そうなれば、固定された収入では足らなくなる。だからといって、幕府によって武士は統制されており、近隣に攻めかかることは出来なくなっている。

「新田を開発する」

米が経済のすべてでもある武士は、そこにしか頭がいかない。米さえ増産出来れば、収入が膨らむと思いこんでいる。

「たしかにどこの藩も新田開発に取り組んでいる。いや、いた」

「いたということは、今はしておられない」

田沼意次の言い回しに分銅屋仁左衛門が気づいた。

「ほとんどが新田開発をあきらめおったわ」

「開発の資金不足でございますな」

「そなたのほうが詳しいな」

田沼意次が苦笑した。

大名が金に困って最初に頼るのは、領内の商人、大百姓であった。領内の借財ならば、多少遅れたところで、厳しい取り立てはされない。すれば、商いの許可取り消し、庄屋、名主《なぬし》など、まちがいなくしっぺ返しを喰《く》らうのだ。

だが、領内だけでは限界がくる。際限なく金を引き出せるほど領内の商家や大百姓の規模は大きくない。

「金を融通してもらいたい」

次に大名が声をかけるのは、江戸、大坂、博多など大きな町の商家であった。とくに江戸は、参勤交代の関係上、どこの大名も江戸に屋敷を持っている。商家とのつきあいもあるし、どこに金があるかの話も耳に入りやすい。

「今でも新田に向いた土地が見つかったゆえ、開発の金を貸せとたくさんのお大名さまがお出《い》でになりまする」

分銅屋仁左衛門が笑いながら告げた。

「貸しているか」

「十分な形《かた》をお出しいただける場合は、お貸ししておりまする」

「何万両もの形になるものなどあるのか」

「さすがに一万両の形に見合うものは一つしかございません」

疑う田沼意次に分銅屋仁左衛門が表情を引き締めた。

「一つ……なるほど将軍家からの拝領品か」

すぐに田沼意次が見抜いた。

「将軍家拝領品をなくしたとか売ったとか、借金の形に入れたなどと御上に知れれば、家が潰されますから。他の借金を後にしてもお支払いくださいます」

分銅屋仁左衛門が述べた。

「それ以外は貸さぬのか」

「はい。拝領品をお持ちになりながら、出せぬと仰せのお方にもお貸しはいたしませぬ」

はっきりと分銅屋仁左衛門が宣した。

「恨まれているな、まちがいなく」

「金貸しは、人に恨まれて一人前でございますれば」

首を左右に振った田沼意次に、分銅屋仁左衛門が平然と応じた。

三

今日は引き取るものはないということで、小半刻ほどで分銅屋仁左衛門は田沼意次のもとを下がった。

「大名が裕福になることはござらぬのか」

左馬介が歩きながら分銅屋仁左衛門に尋ねた。

「今のままならというところでしょうかね」

「変われば、目はあると」

左馬介が確かめるように訊いた。

「ありますよ。まず、新田開発をあきらめる。新田はうまく造れたとしても数年は金になりません。それどころか投下した金額によっては十年以上儲けが出ません」

「十年……」

「はい。十年あれば、借りた金は利子を合わせて倍になります。一万両借りたのが二万両返すことになるわけですな」

「それでもうまくいけば、それ以降は金を産んでくれるだろう」

「凶作がなければですが」

「むう」

左馬介が唸《うな》った。

浪人は庶民である。今でこそ、分銅屋仁左衛門のおかげで喰うに困ってはいないが、ほんの一年前までは、人足仕事をして一日三百文だとか三百五十文を稼ぎ、その金で長屋の家賃を払い、米を買っていた。

「一升で百二十文だと」

普段ならば一升八十文ほどで買えるのが、奥州《おうしゅう》が飢饉《ききん》になったりすると米が暴騰する。

おかずを買う余裕などはない。ほとんど漬物か実のない味噌汁ですませる浪人や長屋の住人は、米で腹を膨らませるしかないのだ。左馬介も一日二食に抑えても、米を五合近くは喰った。それだけに米の値段には敏感であった。

「新田をあきらめるとしたら、なにをすればいい」

「まずは領内独特のものを探すことですな」

「独特のものとは」

「会津《あいづ》さまの塗りもの、鍋島《なべしま》さまの織りもののような、他のお大名のまね出来ないものを天下に向かって売りに出す」

「ないところはどうする」

左馬介が疑問を口にした。

「作りあげればいいのですよ。なにもなければ、最初は他の藩のまねごとをなされればいい。会津塗りのまね、備前《びぜん》焼のまね。売りものになるには数年かかるでしょうが、その間、職人を喰わすくらい、新田開発に比べれば安いもの」

「なるほど」

分銅屋仁左衛門の話に、左馬介が手を打った。

「もっとも会津さまのように、特筆すべきものがありながら、財政がよろしくないところは、違う手立てを取りませぬと」

「それは……」

左馬介が問うような目で分銅屋仁左衛門を見た。

「藩財政を支えるものがありながら、手元不如意《ふにょい》だというのは、どこかに無駄があるからでございましょう。その無駄を省けばいい。たとえそれが人だとしても」

分銅屋仁左衛門が冷たく言った。

「人を削《そ》ぎ落とすか」

「……………」

不要として会津藩から暇を出された父を想っているのだろう左馬介を、分銅屋仁左衛門は黙って見守った。


田沼意次の賄《まいない》による役職推薦、立身出世は大名、旗本に一種の光明を与えていた。

「金を積めば、執政《しっせい》も夢ではない」

己の能力を顧みず、ただ名誉だけを求める譜代大名が老中を目指して蠢《うごめ》き始めた。

幕府には老中への登用規定がある。明文化されたものではなく例外も多いが、それでも一つの目安となってはいる。

「五万石以上の譜代で城持ち」

もっとも老中になってから加増されたり、転封《てんぽう》されたりして条件に見合わせることも認められている。

「余が天下を動かす」

「老中になれば、諸大名からの付け届けが」

それぞれの思いは違えども、老中になりたいという大名が、田沼意次のやりかたで増えたことはまちがいなかった。

「なにとぞ」

さすがに大名本人が出向くわけにはいかない。見られれば、田沼意次などという小身の出に過ぎぬ者に頼るのかと、嘲笑《ちょうしょう》を買いかねないからだ。藩を代表する家老でもまずい。

そこで挨拶《あいさつ》に来るのは、留守居役か用人あたりになる。

「これではとても」

大名や家老相手では言いにくいことも、留守居役や用人には言える。

田沼家の用人井上伊織《いのうえいおり》が首を振った。

「足りませぬか。当家としては精一杯の誠意でございまするが」

五万石内外の譜代大名の年収は二万両あるかないかである。そこから藩士の俸禄《ほうろく》を引けば、藩として遣える金は五千両ほどになる。その五千両で江戸屋敷、国元の政、藩主一門の生活を賄《まかな》うとなれば、とても賄賂《わいろ》にまで回せる金はない。

「執政は、三百諸侯を代表するお方でござる。そこにいたるには、奏者番《そうじゃばん》、寺社奉行、側衆、若年寄、大坂城代、京都所司代などを歴任せねばなりませぬ。それぞれ誰もが願う地位。それをこれでというのは、いささか」

「……では、いかほどござれば」

井上伊織の説明を受ければ、留守居役たちもそう応えるしかなくなる。

「執政衆へのぼる最初の奏者番で五千両」

「馬鹿なっ」

聞かされた留守居役たちが絶句する。

「不思議ではございますまい。奏者番は大名方や役人衆が上様へお目通りをなさるときの先導役。皆、どのようにいたせばいいかとのご指南を求めて挨拶に来られまする」

指南料という名の賄が手に入ると井上伊織が述べた。

「……たしかに」

奏者番に金を届けるのも留守居役の仕事の一つである。

「一軒あたり五両としても……」

留守居役が勘定を始めた。

「加賀《かが》の前田さまや仙台の伊達《だて》さまとなれば、五十両ではききますまい」

井上伊織が留守居役の背中を押した。

「五十両……それならば数年でもとが取れまするな」

留守居役が皮算用をした。

「出直して参りまする」

足りないと言われた金を引き取って、留守居役が帰っていった。

「望みと代償の釣り合いを考えておらぬ」

井上伊織があきれていた。

「世間を知らぬ者が多すぎる」

井上伊織が嘆息《たんそく》した。

金貸しを成功させる秘訣《ひけつ》はただ一つであった。

かならず返す客を選ぶ。

いくら形《かた》を取っていても、元金が返ってこないとなると損になる。形を売り払っても、その手間や手数料のぶん減ってしまう。

それどころかものによっては売れないときもある。

「将軍家拝領の品」

なかでもこれほど面倒なものはなかった。

将軍家拝領の品を預かっている限り、大名や旗本は必死に金を返そうとする。元金は返せなくとも利子だけはしっかりと払い、拝領品を守る。

だが、それでも拝領品が分銅屋仁左衛門のものになるときはあった。

「改易《かいえき》を命じる」

金を貸している大名が、幕府の咎《とが》めを受けて潰されたときだ。

そもそも拝領品を形に出してまで金を借りなければならないところまで追い詰められているのだ。どう考えてもまともに政をやっているはずはなかった。

借りた金で藩政を改革し殖産興業に努めればいいが、ただ足りないから一時凌《しの》ぎのつもりでいればどれほどの大金も数年で消える。

「金が返せませぬ」

「なんとしても金を作れ。ご拝領品がなくなれば、藩は終わりぞ」

「百姓どもから絞るしかない」

年貢は大名によって違っていた。幕府は四公六民と決まっている。当然幕臣の旗本も四公六民になる。譜代大名ももと徳川の家臣だったこともあり、四公六民が多い。なかには五公五民もあるが、その範囲に収まっている。

だが、外様《とざま》大名は違っていた。外様大名は徳川に敵対した過去が祟《たた》り、いろいろな負担をかけられている。そのためもともと六公四民、七公三民と年貢が高い。

その高い年貢を八公二民など、さらにあげられては生きていけなくなる。

「一揆《いっき》じゃあ」

追い詰められた百姓がすることは決まっている。筵旗《むしろばた》を揚げて、一揆をおこなうか、

「お願いいたしまする」

代表がひそかに国元を出て、江戸で老中へ駕籠訴《かごそ》をおこなうかである。

一揆も駕籠訴も首謀者は死罪と決まっていた。命を捨てても苛政《かせい》よりはまし、飢え死にするか、訴えて死罪になるか、どうせ死ぬなら藩も道連れにとなるのは当然であった。

「しっかりと調べを」

幕府もそれはわかっている。一応、幕府は武士のためにあるため、形だけは百姓を咎めるだけでことを収める。ただし、それで終わらせない。一揆や駕籠訴から少ししたところで、大名を咎め立てた。

「隠居いたせ」

「政に邁進《まいしん》せよ」

当主を退け、跡継ぎに釘《くぎ》を刺す。

「治政の能なし」

隠居、減封《げんぽう》ですめばましである。運が悪ければ、改易までいく。

いうまでもなく、藩が潰れてしまえば借金は取り立てられなくなる。結果、拝領品だけが手元に残る。

「家康《いえやす》公のお刀」

「吉宗公のお直筆」

このようなもの、売り出せるはずもなかった。

「どこから手に入れた」

すぐに町奉行所、いや目付《めつけ》が出張《でば》ってきて分銅屋仁左衛門を捕まえる。決して町民の手にあってはならないものなのだ。

「…………」

分銅屋から金を借りている大名も援護はせず、見殺しにする。分銅屋仁左衛門が死罪にでもなってくれれば、借財はうやむやに出来る。

それでも分銅屋仁左衛門が将軍家拝領品を形に取るのは、借金の保証でなくなったときに売り払うだけの商路を持っているからであった。

後ろ暗いことも呑《の》みこめる。怪しい連中とのつきあいを持つ。これが出来て、初めて財を大きくすることが出来た。

「分銅屋はおるか」

先日、名も告げず帰っていった武士が、ふたたび現れた。

「どちらさまで」

番頭がまたも応対に出た。

「拙者の顔を見忘れたと申すか」

「お顔は覚えておりまするが、お名前は伺っておりませぬ」

怒った武士に番頭が首をかしげた。

「きさま、江戸藩邸にその人ありと言われた拙者を知らぬと」

「存じませぬ」

番頭が首を左右に振った。

「では、当家がどこかも」

武士が啞然《あぜん》とした。

「ええい、そなたでは話にならぬ。主を出せ、主を」

柄に手をかけた武士が怒鳴った。

「あいにく、主は……」

「いいよ、番頭さん」

いつもの居留守を使おうとした番頭を、奥から出てきた分銅屋仁左衛門が遮った。

「旦那さま」

「きさまが主か」

番頭が驚き、武士が身を乗り出した。

「分銅屋の主、仁左衛門でございまする」

ていねいに分銅屋仁左衛門が腰を折った。

「うむ。殊勝である。付いて参れ」

武士が分銅屋仁左衛門の態度に満足して、命じた。

「お断りをいたしまする」

「なんだとっ」

きっぱりと断られると考えてもいなかったのか、武士が驚愕《きょうがく》の声を漏らした。

「お名前もお口になさらないお方のお誘いにのこのこ付いていけば、帰ってこられなくなりましょう」

分銅屋仁左衛門が手を振った。

「きさまっ、いずれ執政になられる殿を敵に回すことになるぞ」

「いずれでございましょう。つまり、今はご執政ではない」

武士の脅しに分銅屋仁左衛門が笑った。

「……商人の分際で」

分銅屋仁左衛門の態度に、武士の我慢が切れた。

「連れていく。殿のご命じゃ」

武士が分銅屋仁左衛門を捕まえようと動いた。

「それはいかぬの」

分銅屋仁左衛門が表に出るのに合わせて、裏口から出て店の暖簾に身を隠していた左馬介が、武士の伸ばした手を後ろから摑んだ。

「痛っ。何者か」

利き腕を押さえられた武士が、左馬介に対して身構えた。

「当家の奉公人だ」

「浪人であろう」

「給金をくれる者に仕えておる。浪人というより奉公人だな」

「商人に尾を振るか。浪人とはいえ、もとは武士であろう。恥だと思わぬのか」

武士が左馬介を非難した。

「同じだろう。禄をもらって主君に忠義を尽くす。金をもらって店の主に従う。武士と浪人、どこに差がある」

「ふざけるなっ」

武士が左馬介の手を振り払おうと暴れた。

「手首の骨を押さえている。無駄だぞ」

左馬介が余裕を見せた。

「離せ、無礼者」

空いている左手で武士が殴りかかってきた。

「ふん」

左馬介が武士の左足の甲を右足で踏みつけた。

「ぎゃっ」

武士が悲鳴をあげた。

「どうする」

右手を摑んだままで、左馬介が分銅屋仁左衛門に問うた。

「お帰りいただいてくださいな」

分銅屋仁左衛門が放り出せと左馬介に告げた。

「承《うけたまわ》った」

武士の右手をねじあげて、自在に身動きが取れないようにした後、左馬介は店の外へと連れ出した。

「江戸と国元を同じだと思うな。大名なんぞ、江戸には掃いて捨てるほどいるのだ」

左馬介が武士の耳に囁《ささや》いて、手を離した。

「………」

痛む腕と足をさすりながら、武士が左馬介を睨んだ。

「江戸では刀より、金が強いということも知っておくことだ」

左馬介はそう付け加えて、分銅屋の店へと戻った。

「……この恥辱忘れぬぞ」

左馬介の姿が見えなくなってから、武士がそう言い残して踵《きびす》を返した。

四

怒りを抱えた武士は、足取りも荒く、屋敷へと戻った。

「殿は」

「御座《ござ》の間にお出《い》ででございまする」

「お目通りの取次を」

武士が近習《きんじゅ》に願った。

「……殿、お徒頭《かちがしら》の静谷民部《しずたにみんぶ》がお目通りをと願い出ておりまする」

「民部が戻ったか。通せ」

殿がぐっと身を乗り出した。

「はっ」

近習が一礼をして、御前を下がった。

「……殿」

入れ替わって静谷民部と呼ばれた武士が御座の間廊下に控えた。

「こっちへ来い」

殿が手招きをした。

「…………」

静谷民部が目を伏せて、応じなかった。

「いかがいたした」

「申しわけもございませぬ」

怪訝な顔をした殿に静谷民部が平伏した。

「……申しわけないだと。それは金策に失敗したのだな」

殿の声が低くなった。

「なぜ断られた」

「家の名前も出せぬところには参れぬと」

問うた殿に静谷民部が答えた。

「名を出さなんだだと」

「ご家老さまが、藩の名前は軽々に出すものではないと」

目を大きくした殿に、静谷民部が言いわけをした。

「愚か者が。金を借りるのに名前を言わぬなどあり得ぬ」

殿が怒った。

「申しわけございませぬ」

静谷民部はずっと頭を下げ続けた。

「余が参る。供をせい」

「お待ちを。殿がお出ましになられることではございませぬ」

腰をあげかけた主君を静谷民部が諫《いさ》めた。

「しかし、金を借りるのはこの間部若狭守《まなべわかさのかみ》であるぞ」

「金は汚いもの。殿が触れられてよいものではございませぬ」

静谷民部が主君間部若狭守を止めた。

「では、どうするというのだ」

「今一度、ご家老と行って参りまする」

機嫌の悪い間部若狭守に訊かれた静谷民部が応えた。

「…………」

間部若狭守が黙って、静谷民部を見つめた。

「なにとぞ、なにとぞ」

静谷民部が額を廊下に押しつけて嘆願した。

「わかった。これで最後じゃ。次は余が出向く」

「お任せをくださいませ」

主君に借金の依頼をさせるわけにはいかない。静谷民部が顔色を変えて、誓った。

「しっかり、名を告げ、ていねいに頼めよ」

「はっ」

静谷民部が深く腰を折った。

表高四万石とはいえ、越前鯖江《えちぜんさばえ》は実高が低い。もとは高崎《たかさき》に城地を与えられていたのだが、先々代の間部越前守詮房《あきふさ》の六代将軍家宣《いえのぶ》、七代将軍家継《いえつぐ》の御世に専横を振ったことを憎んだ八代将軍によってまず越後村上《むらかみ》へ転封され、さらに鯖江へ移された。いや、左遷された。

なにせ高崎には城があったのに、鯖江には城はもとより町さえなかったのだ。これで間部家は城主から陣屋大名へと格落ちさせられただけでなく、陣屋の整備、町の造成と莫大《ばくだい》な金を浪費させられた。

二代将軍にわたって権力を振るい、貯《た》めこんだ財貨を遣い果たしただけでなく、借財までした。

しかたなく、間部家は家臣の一部を放逐《ほうちく》した。

それでも財政は好転しなかった。

間部家が越前に来るのを待っていたかのように、凶作が続いた。

「年貢を払えませぬ」

百姓は己の喰うぶんどころか、来年の種籾《たねもみ》さえ用意出来ない状況になり、年貢を納めなくなった。

「払え。さもなくば首を切る」

脅したところで、ないものはどうしようもないのだ。

藩庁も年貢不納を暗黙に認めるしかなかった。当然、借財の利子さえ返せなくなった。

「それもこれも越前へやられたからだ。高崎へ戻れば……」

江戸に近い高崎は、冬の寒さ、夏の暑さは厳しいが、その実高は表高を上回る。なんといっても参勤交代の期間が短い。

越前鯖江からでは十日かかるが、高崎ならば二日で江戸へ着く。

藩士のなかから高崎復帰を望む声があがるのも無理のないことであった。

「ていねいにだと」

その最たる人物が、江戸家老であった。

「倉坂《くらさか》さま、いかがいたしましょう」

静谷民部が江戸家老に尋ねた。

「七代将軍家継さまより、父のようじゃと慕われた初代さまのご威光を受け継ぐ間部家であるぞ。いかに金を借りるとはいえ、たかだか町人風情《ふぜい》に頭など下げられるか」

倉坂と呼ばれた江戸家老が反発した。

「国元の借財は……」

「江戸と国元を一緒にするな。江戸は将軍家のお膝元、武士の町ぞ。そこで間部家の者が、金貸しに辞を低くして頼みこんだなど知られてみよ。殿がよい笑いものになるぞ」

「たしかに。気づかぬことでございました」

倉坂に叱《しか》られた静谷民部が頭を下げた。

「金さえあれば、田沼さまにお願い出来る。まず、将軍家からご寛恕《かんじょ》を願う」

表向き、間部詮房は吉宗から咎めを受けてはいないが、役目を外されただけでなく、高崎から村上へと移封されている。さらに越前鯖江へ行かされ、城主の格式を失っている。これは誰が見ても、吉宗の機嫌を損ねたからであった。

しかし、すでに吉宗はこの世を去っている。結果間部家は吉宗の寛恕を願うことが出来なくなった。

このままでは、永遠に間部家は幕府から睨まれたままになる。

それをどうにかするには、現将軍家の許しを得るしかなかった。といったところで、家重が直接間部家に免罪を言い渡すことはない。それをすれば、子が親の下した判断をまちがえていたと訂正することになるからだ。幕府中興の祖と讃《たた》えられている八代将軍吉宗を九代将軍家重が否定するわけにはいかないとなれば、方法は一つしかなかった。

「奏者番を命じる」

「若年寄として職務に励め」

間部若狭守を役職に就けることで、家重は間部家を信頼していると世間へ見せつける。

「どうやら間部家へのお怒りは解けたらしい」

「間部とつきあっても、幕府から睨まれることはなくなった」

家重の意図、すなわち幕府の考えの変化を摑めない者はいない。腫《は》れ物に触るようだった大名や旗本たちから、間部家は受け入れられる。

繫《つな》がりが増えれば、いろいろなところに影響が出てくれる。

「姫さまを当家の若君のもとへ」

「越前ならば、藍染《あいぞ》めに適しているのではござらぬかの」

縁や助言が得られる。

「勤務精励につき、旧地へ戻す」

それらが重なれば、間部家の悲願も夢ではなくなる。

望みをそこに見いだすしかなかった間部家の重職は、金さえ渡せば役目を斡旋《あっせん》してくれると噂の田沼意次のもとを訪れた。

「少な過ぎますな」

田沼意次に会うどころか、用人にあしらわれた間部家の重職は、当然怒った。

「旗本の家臣風情が……」

だが、それを口には出来なかった。

田沼意次は家重の寵臣《ちょうしん》として、お側御用取次ながら政にも携わっている。

「間部家は、いささか」

家重にそう言われでもすれば、間部家の再浮上が叶《かな》わなくなるどころか、より遠いところへ追いやられることになりかねなかった。

「金だ。金を用意いたせ」

江戸家老の倉坂が勘定方に命じた。

「五両の金も出せませぬ」

勘定方ほど現実を見ている者はいない。

「領地が落ち着くまでお待ちあれ」

「いつになったら落ち着くと。来年か、三年後か、それとも百年後か。それまで藩があればよいがの」

焦っている江戸家老の倉坂たちには、三日先が大事であり、それ以上先を見ている余裕はなかった。

「金がないなら借りてでも作れ」

「……はっ」

江戸家老の命となれば、勘定方も拒めない。藩出入りの商人に無理を頼みにいくが、

「なににお遣いに」

「それは申せぬ」

「なれば、お貸し出来ませぬ」

出入りの商人ほど、藩の財政に詳しい者はいない。貸した金が返ってくるかどうかを敏感に嗅ぎ分ける。

「そこをなんとか」

「お出入りをご辞退申しあげましょう」

粘れば、最後は縁を切るとまで言われる。

「どうしようもありませぬ」

江戸家老に叱られても、どうにもならないものはならないのだ。

「当家とかかわりのない商人に金を用立てさせては」

誰が言い出したのかわからないが、

「なるほど、当家の出入りにしてやるとか、士分の格を与えるとか言えば、よろこんで金を出しますな」

それに倉坂が乗った。

「数万両出せるところとなると……」

結果として、倉坂が静谷民部を連れて、分銅屋を訪れ、番頭にあしらわれて帰る羽目になった。

「分銅屋以外の店に申しつけるわけには」

静谷民部が問うた。

「勘定方の話では、分銅屋の利がもっとも低いらしい」

「利が低い……むう」

首を横に振った倉坂に静谷民部が唸った。

「難しいか」

分銅屋仁左衛門から金を引き出すのは困難かと倉坂が訊いた。

「なにぶんにも、名乗りもしておりませぬし」

「当家が借財をするなど、初めての相手に明かすのはまずいだろう」

渋る静谷民部に倉坂が言った。

「ゆえに屋敷まで連れて参れと申したのだ。屋敷まで来れば、当家の名前も知れよう」

「ですが……」

「商人ごときに、そこまで気遣わずともよかろう。ましてや、分銅屋は世間にはばかる金貸しぞ」

倉坂が述べた。

「とはいえ、殿のお指図とあればいたしかたなし。名前を申して話を持ちかけるといたそう。武家がわざわざ足を運んだとあれば、相応の態度を取るであろうしの」

「それが……」

またも静谷民部が口ごもった。

「まだ、不都合があると言うか」

「武士を武士とも思わぬ素振りが……」

さらに機嫌の悪くなった倉坂に静谷民部が言いにくそうにしながらも、経緯を語った。

「浪人を雇っているだと」

「はい」

「その浪人に負けたのだな」

「いえ、不意に後ろから襲われたもので。正々堂々ならば負けなどはしませぬ」

冷たく確認した倉坂に、静谷民部が強く首を横に振った。

「まことだな」

「まちがいございませぬ。拙者これでも一刀流をたしなんでおりますゆえ」

念を押された静谷民部が胸を張った。

「ならば、無礼討ちいたせ」

「無礼討ちっ……」

静谷民部が絶句した。

武士には民を誅殺《ちゅうさつ》する権があった。これを無礼討ちと呼んでいるが、泰平の世に気に入らぬというだけで人を殺されてはたまったものではない。だからといって、無礼討ちを規制するわけにはいかなかった。幕府は武士を特権階級として保護することで、天下を支配しているからだ。

そこで妥協というか、無礼討ちはなくさないが、その条件を厳しいものとした。

「武士はいざというとき、主君の馬前で死ぬものである。そのためには町人に侮《あなど》られたくらいで刀を抜くようでは困る」

幕府は武士個人への無礼を起因とする無礼討ちを認めないとした。

「主君、主家への無礼は、その場にて討ち果たして苦しくない」

忠義にもとづくものだけを無礼討ちとした。

ようは無礼討ちを軽々に認めないと幕府は宣言した。

「通りましょうか」

静谷民部が不安そうな顔をした。

「安心いたせ。儂《わし》が証言してやる。浪人が主家を馬鹿にしたと」

あからさまな罠《わな》を倉坂が口にした。

「大事ございませぬか」

一つまちがえれば、左馬介にやられるか、無礼討ちではなく下手人として殺されるかも知れない静谷民部が懸念を表した。

「浪人と大名の江戸家老、どちらを信じるかなど議論するまでもないだろう」

倉坂が口の端を吊《つ》りあげた。

「なるほど」

静谷民部の顔色がよくなった。

「雇い入れている浪人が、武士に無礼を働いたとなれば、分銅屋もただではすまぬ。表沙汰《おもてざた》にいたすぞと脅しつければ、金を差し出すだろう。なんと名案ではないか。金を借りずともすむぞ」

「まさに妙案でございますな。さすがは知恵者として知られたご家老さま」

静谷民部が倉坂を讃えた。

「であろう。そなたも精進いたせ。いずれ用人、組頭とのぼっていくのだからの」

「わたくしが……」

出世を餌《えさ》として釣られた静谷民部が、倉坂の言葉に興奮した。

第四章　落籍の宴

一

「腰を抜かしたというじゃないですか」

「外まで聞こえるほどの悲鳴をあげたとも聞きましたよ」

日頃からあくどいと評判の悪い田仲屋を、同商売や近隣の皆が噂《うわさ》した。

いうまでもないが、面と向かって悪口を叩《たた》くのではなく、

「たいへんでしたなあ」

「お身体《からだ》に異はございませんか」

表では慰めたり、心配したりするような振りをして、裏で嘲笑《あざわら》った。

「いやあ、えらい目に遭いましたわ」

「おかげさまで、わたくしはなんともございません」

そつなく振る舞いながらも、田仲屋の肚《はら》のなかは煮えくり返っていた。

「ふざけやがって。今に見ていろ」

だからといって、近隣の者や同業者をどうこうするというわけにはいかなかった。

「畑違いの茶屋なんぞに金を出して、大損したようだ」

噂は真実のときも多い。

「ならば、帯久の後を継いでやろうじゃないか。柳橋一の茶屋にしてみせれば……」

田仲屋は金をかなり帯久に注《つ》ぎこんでいる。きっちり証文も取っていた。

「帯久は儂《わし》のものだ」

そう言い出しても問題はなかった。

しかし、けちの付いた茶屋に客は来ない。

「客を呼ぶには、いい芸妓《げいぎ》が要《い》る」

人気のある芸妓には客が付いている。

「加壽美だ」

あのことがあってから柳橋に足を踏み入れていない田仲屋は、加壽美の落籍を知らなかった。

「あいつを手に入れれば……」

田仲屋が真剣な顔になった。

「帯久に任せたのがまずかった。女に引導を渡すには金か力。金では動かぬ自前芸妓の加壽美だ。力で抑えこむしかない」

目つきを変えた田仲屋が、立ちあがった。

「番頭、五十両出しなさい」

店へ出た田仲屋が番頭に命じた。

「五十両も……なににお遣いに」

番頭が用途を問うた。

「黙って出せ。店の金は儂のものだ」

「さようではございますが、五十両となれば商いにも影響が出かねませぬ」

催促した田仲屋に、番頭が困ると抵抗した。

「商いに遣うのだ」

「……へえ」

それ以上は番頭とはいえ奉公人では逆らえない。

渋々番頭が帳場から金を出した。

「ちょっと出てくる」

金を懐《ふところ》へ入れて、田仲屋が店を出た。

天下の城下町とはいえ、闇《やみ》はあった。

表向きは口入《くちい》れ屋とか、船宿を装っている。なかには御用聞きが、裏に回って賭場《とば》を経営しているなどもあった。

「邪魔をするよ」

田仲屋が一軒の船宿に足を踏み入れた。

「これは旦那、ようこそお出《い》でくださいました」

すぐに女将《おかみ》が出迎えた。

「主《あるじ》はいるかい」

二階の座敷に通されるなり、田仲屋が女将に要求した。

「…………」

女将の雰囲気が変わった。

「ご用件をお伺いしても」

「仕事を頼みたい」

訊《き》いた女将に田仲屋が伝えた。

「今は御上《おかみ》のお取り締まりが厳しくなりまして、下手人仕事はお断りをいたしております が」

「そんな物騒なことじゃない。女を一人掠《さら》って欲しいんだよ」

「女一人を……それくらい田仲屋さまならば、容易なことでございましょう」

わざわざ頼みにくるほどのことではないでしょうと女将が怪訝《けげん》な顔をした。

「相手がね、ちょっと面倒な女でね」

「面倒な女でございますか」

女将が首をかしげた。

「柳橋の芸妓で加壽美という女だよ」

「あの売れっ子芸妓を」

田仲屋の口から出た女の名前に、女将が驚いた。

「わかりました。少しお待ちを。誰か、田仲屋さまに膳《ぜん》をね」

女将が留守居の女中に差配を任せて、船宿を出ていった。

「田仲屋の旦那、どうぞ、一口お召しあがりを」

すぐに女中が接待の用意をした。

「気にしてくれるな」

そう言いながらも、田仲屋は酒を注いでもらった。

「御免を」

田仲屋が酔う前に、店の主が現れた。

「おう、播磨屋《はりまや》。壮健そうでなによりだ」

盃《さかずき》を置いて、田仲屋が主を招いた。

「へい」

もう還暦に近い歳頃《としごろ》に見える播磨屋と呼ばれた男が、すっと田仲屋の前に来た。

「久しいな。相変わらず頑健そうでなにより」

「いえ、もう身体が昔のように、動きません」

播磨屋が苦笑した。

「話は聞いてくれたかい」

「聞いておりまする」

闇を仕切る者とは思えない礼儀と温和な表情で、播磨屋がうなずいた。

「引き受けてくれるだろう」

「させていただきましょう」

確かめるような田仲屋に播磨屋が首肯《しゅこう》した。

「ここに五十両持ってきた。前金、後金、追加などの一切こみで、どうだ」

「五十両……いささか多すぎる気がしますが。女一人を掠うくらいならば、二十両で十分でございますが」

依頼料の多さに播磨屋が戸惑った。

「ああ、これにはしつけの代金も入っている。初物《はつもの》は、わたしがもらうが、それ以降は好きにしてくれていい。ただし、身体に傷を付けることはしないようにな。わたしがあいつに寝ろと命じたら、すんなり股を開くようにしてもらいたい」

「人形作りでございますな。それならばお任せくださいませ」

田仲屋の求めを播磨屋が請け負った。

「いつやってくれる」

懐から五十両取り出し、畳の上に田仲屋が置きながら尋ねた。

「いろいろと用意もございまする。五日いただきたく」

「五日だね。では、用意が出来たら、店まで報《しら》せをね」

「承知をいたしましてございまする」

金には手を伸ばさず、播磨屋が頭を垂れた。

田仲屋を見送った播磨屋が、手を叩いて女将を呼んだ。

「御用でございますか」

女将がすぐに顔を出した。

「この金を預かっておきなさい」

「はい」

女将が首を縦に振った。

「杢兵衛《もくべえ》はどこにいる」

「三日ほど顔を見ておりませんので、住まいかと」

問われた女将が答えた。

「ここに連れてきなさい」

「はい」

金を持って女将が二階座敷を後にした。

「柳橋の芸妓か。田仲屋さんをずいぶんと怒らせたようだな。帯久という茶屋の一件にかかわっているのか」

闇にはいろいろな噂も落ちてくる。

「帯久の若い男が、柳橋の芸妓を訪ねたという」

煙管《きせる》に煙草《たばこ》を詰めながら、播磨屋が呟《つぶや》いた。

「帯屋久兵衛といえば、女衒《ぜげん》崩れと言われた茶屋の出で女に容赦のない男だったはずだ。それが、女でしくじるとは思えない。となると、柳橋の芸妓加壽美という女に嵌《は》められたと考えるべきだね。女だと油断したか、それとも付いている男が……」

火を付けた煙管を吸いながら、播磨屋が思案した。

「そのあたりを見極めなきゃいけないな」

煙草盆の角に煙管を打ちつけて、播磨屋が吸い終わった煙草を捨てた。

「よろしゅうございましょうか。杢兵衛を連れて参りました」

襖《ふすま》の外から女将が声をかけた。

「うむ。入りなさい」

播磨屋が許可を出した。

「お呼びだそうで、旦那」

女将は廊下で待機し、杢兵衛が座敷に入った。

「ご苦労だな。仕事だ」

「仕事……ずいぶんと久しぶりでございますなあ」

言われた杢兵衛が笑った。

「女を一人拐《かどわ》かして、人形にしてもらう」

「いい女でございますかね」

杢兵衛が興味を見せた。

「柳橋の芸妓加壽美よ」

「ほうううう」

名前を聞いた杢兵衛が歓喜の声をあげた。

「何度か見かけたことがございます。見た目のよさ、凛《りん》とした気品、気の強さがわかる身の振り、あれ以上の女はまずいません」

「女を知り尽くしたおまえが、そこまで言うとは」

播磨屋が驚いた。

「で、どこまでやっていいのでございますか」

「お客の出した条件は三つ。一つ、初物は譲らない。二つ、身体に傷を付けることを禁じる。三つ、後は言われるままに客を取るようにすることだ」

「初物が惜しい。なんとかなりませんか」

「ならぬ。客の求めには従え」

「……へい」

李兵衛が肩を落とした。

「念のために言っておくが、馬鹿なことをするんじゃない。後で知れたときは、生きてきたことを後悔するぞ」

「……わ、わかっております」

剣呑《けんのん》な気を発した播磨屋に李兵衛が何度も首を上下させた。

「期間は五日だ。ああ、これは掠ってくるまでの日数で、しつけの日は入ってはいない」

「五日、十分でございますよ」

李兵衛が自信ありげに胸を張った。

「結構だ」

播磨屋がうなずいた。

「金はいつも通りでいいな」

「とんでもない。あれだけの女を後でとはいえ、自在にさせてもらえるとなれば、こちらから金を払いたいくらいで」

決まりの金でいいなと確認した播磨屋に李兵衛が首を横に振った。

「そういうわけにはいかない。決めは決めだ。女将」

「はい」

女将がすっと金を出した。

「十両だ。確かめなさい」

「……たしかに」

李兵衛が小判を数えて受け取った。

「いうまでもないだろうが、失敗は許されない」

「心得ております」

李兵衛が真剣な顔で受けた。

二

李兵衛は船宿から、二筋ほど離れたしもた屋を住まいにしていた。

「帰ったぞ」

「………」

格子戸を開けた李兵衛を、無言で若い女が迎えた。

「戸締まりをしたら、部屋へ来い」

「…………」

若い女が言われて動き出した。

「人形は無表情がいいのだが、それを誰もわかってはくれない。感情を残すのは面倒なだけなんだがな」

部屋で置きっぱなしになっていた徳利から、茶碗《ちゃわん》へ酒を移して口にしながら杢兵衛が嘆息《たんそく》した。

「…………」

やはり無言で戸締まりをした若い女が部屋へ入ってきた。

「脱げ」

杢兵衛に命じられた若い女が、なんのためらいもなく全裸になった。

「来い」

手招きした杢兵衛に若い女が従った。

「……ふう」

発散した杢兵衛が若い女の上から身体を起こした。

「…………」

若い女はじっと天井を見つめ、なに一つ表情を露《あら》わにはしていない。

「一度心を壊してしまえば、楽なのに。立て」

　李兵衛の指図に若い女が全裸のまま立ちあがった。

「後ろを向け」

　若い女がゆっくりと背を見せた。染み一つなかった身体の前とは違って、背中には無数の切り傷が刻まれていた。

「ふふふ」

　李兵衛が傷跡を指でなぞった。

「このあたりまでだったなあ。喚《わめ》き騒いだのは。ここらで懇願をやめてあきらめをにじませ、ここで辛《つら》さの余り心を殺した。このやりかたが、一番手っ取り早いのに。傷を付けるなとは……これだから素人《しろうと》は困る。女には傷がよく効くというに」

　若い女の尻《しり》に深く残った傷を、李兵衛が愛《いと》おしそうに見つめた。

　落籍披露の宴《うたげ》は賑《にぎ》やかなものであった。

　その芸妓を落籍させる客が贔屓《ひいき》にしている茶屋を借り切って、同じ置屋《おきや》に属する芸妓、馴《な》染《じ》みの幇間《ほうかん》などを招いて盛大な宴席をおこなう。茶屋の借り料、芸妓、幇間への代金、仕出し料理、酒代、そして祝儀と、全部で百両近くかかる。

「すべての茶屋と置屋の芸妓と幇間……」

柳橋の誰もが唖然《あぜん》となった。

「そのように手配をお願いいたしますよ」

村垣伊勢の落籍披露の宴は過去に類を見ないものとなった。

「どれだけの金がかかるやら」

一つの茶屋で百両は要るのだ。それを柳橋すべての茶屋と芸妓、幇間を買い切るとなれば、千両では足りなかった。

「お金に糸目は付けないと」

旦那がそう言ったと村垣伊勢は告げた。

しかし、そのじつはすべての茶屋を貸し切ることで、どこの茶屋の贔屓客かをわからなくするためであった。一軒あるいは数軒ならば、いくら旦那を隠したところで、時間をかければ、いずれ探し当てることは出来る。だが、すべての茶屋となれば、贔屓客だけで何十人、いや百人をこえる。村垣伊勢を落籍させた旦那を特定することは難しい。

「どこのお大尽《だいじん》さまかい」

茶屋の女将も唖然とした。

「加壽美さんのいい人は、あのご浪人さまだと思っていたんだけどねえ」

左馬介のことを思い浮かべた者も、これだけの散財が出来るはずはない。

「分銅屋さんじゃ、ないのかね」

浅草一の金満家である分銅屋仁左衛門の名前があがり、最近ではそれがもっとも有力な噂となっていた。

「いずれわかるさ。それより、柳橋の茶屋、芸妓全部にお呼びがかかるなんて、初めてのことだよ。他所《よそ》から笑われないようにしなきゃいけないよ」

茶屋の女将にしてみれば、金がもらえれば、相手が誰でも問題はない。それよりも、これだけの散財をさせておきながら、たいしたことはなかったと深川や新橋《しんばし》など他の遊所に笑われるのだけは、我慢出来なかった。

「柳橋は金だけ取って、十分に遊ばせてくれないらしい」

悪評を立てられれば、柳橋の沽券《こけん》にかかわる。

「十分に金は出る。後世に残る落籍祝いにしなきゃ、柳橋の名前がすたる」

閉店状態になっている帯久を仲間外れにして、落籍披露の宴は始まった。

「さあさ、賑やかにいくよ」

すべての茶屋を貸し切っている。とはいえ、この日の主役は村垣伊勢だけで、旦那の姿はない。

ほとんどの店は本尊のないお堂のお守り状態になっていたが、だからといってお通夜ではないのだ。

茶屋の女将、置屋の女将、姉芸妓の声かけで、三味線が鳴らされ、太鼓が打たれ、唄《うた》が唄われる。

当たり前の話だが、普段は客がいない茶屋から音曲《おんぎょく》は聞こえない。だが、今宵《こよい》は客はいなくても騒ぐのだ。

「うわっ。派手だなあ」

「一代の催しよ」

この日は柳橋に来ても茶屋へあがれないと客には通知されている。もちろん、その理由も聞いている。

遊べないとわかっていても、一目、加壽美の落籍を見たいと多くの客が柳橋に集まっていた。

「なあ、客はいないんだろ。こそっとあげてくれよ」

「直接見たい」

馴染みの茶屋に無理を言う贔屓もいたが、

「岡場所じゃございません。回しは取れません」

同じ刻限に客を複数取ることを回しといい、場末の岡場所では当然の行為であったが、柳橋は侠気《きょうき》を売りものにしている。どれだけの馴染みでもこれは通らなかった。

「加壽美の晴れ姿を一目見たい」

「お相手は一切いたしませんよ」

「わかってる」

客を迎えることは出来ないが、知り合いを迎えるくらいは問題ない。

求められた茶屋の女将は、贔屓客を座敷ではなく、帳場に通した。

「御免なさいな」

そうしているところに村垣伊勢が顔を出した。

茶屋すべてを借り切っている。当然、主役の村垣伊勢はどの茶屋にも挨拶《あいさつ》に出向かなければならなかった。

「ようお出《い》でした」

茶屋の女将が村垣伊勢を出迎えた。

「なんとまあ、見事な」

「はい」

どこの茶屋も村垣伊勢の出で立ちに感嘆した。

今日が最後の芸妓姿になる村垣伊勢は、本日に合わせて作った座敷着を身に纏《まと》い、簪《かんざし》、笄《こうがい》も金をふんだんに遣ったものを挿している。いつもなら派手を嫌い、渋いなかに粋を表現する柳橋芸妓が、今までの辛抱を解放するような艶《あで》やかな格好で村垣伊勢は、落籍のお披露目を見せていた。

「……………」

無理を言って帳場に座っていた客も声を失った。

「女将さん、お世話になりました。姉さんたち、今までありがとうございました」

村垣伊勢が一礼した。

「盃を」

女将が朱塗りの盃を村垣伊勢に差し出した。

「いただきます」

注がれた酒を、村垣伊勢が三口で呑《の》んだ。

「かわいがられるんだよ」

「努めます」

そう女将に言われた村垣伊勢が一礼した。

これをすべての茶屋でやり、加壽美こと村垣伊勢の落籍披露は終わった。

「お母さん、本当にありがとうございました」

落籍披露の宴が終われば、もう村垣伊勢は芸妓ではない。自前芸者とはいえ、どこかに属さないと、茶屋への出入りがしにくいため、籍だけ置いていた置屋で、村垣伊勢は最後の挨拶をしていた。

「こちらこそ、助かったよ。加壽美さんがいてくれたおかげで、毎日看板があげられた」

置屋の女将が頭を下げた。

「本音はね。落籍をして欲しくはないんだけど……そういうわけにもいかない。芸妓といえども女。誰か一人の花となるのが幸せというもの」

「すいません」

確実に明日から客が減るとわかっている女将に、村垣伊勢が申しわけなさそうに詫《わ》びた。

「これは、わたしが悪いね。気にせずに着替えなさい」

置屋の女将が苦笑した。

「では」

村垣伊勢が座敷着を脱ぎ、簪、笄を外した。

「髷《まげ》を直します」

置屋に属している髪結いが、村垣伊勢の座敷髷を、潰《つぶ》し島田髷に替えた。

衣装と髷を替えることで、村垣伊勢は芸妓ではなくなり、普通の町娘になったと証《あか》すのである。

「さあ、お行きなさいな」

女将に促されて、村垣伊勢が上がり框《かまち》まで来た。

「……御免をくださいませ」

下駄《げた》を履いた村垣伊勢が別れの言葉を口にした。

「いってらっしゃい」

置屋の女将が、最後の切り火を切った。

もうしなではなく、普通に礼をして、村垣伊勢が置屋を出ていった。

「お母さん」

一緒に見送った妹芸妓が口を開いた。

「……付いておいで」

置屋の女将が、妹芸妓を連れて奥の座敷へと戻った。

「それをご覧な」

「……せ、千両箱」

言われた妹芸妓が部屋の隅を見て、大声を出した。

「静かにしなさい。おまえはそれだから、いつまで経《た》ってもいいご贔屓さんが付かないんだよ」

「すいません」

はしたないとたしなめた置屋の女将に、妹芸妓がしょげた。

「気を付けなさい」

置屋の女将が、妹芸妓をもう一度叱《しか》って、千両箱へと目を移した。

「これが加壽美さんの落籍金さね」

「…………」

妹芸妓が声を失った。

「柳橋始まって以来、そして終《お》わり初物《はつもの》だろうねえ。千両なんて落籍金は二度と出まいよ」

しみじみと置屋の女将が言った。

「加壽美さんなら、当然の金かも知れないけどねえ。幸せにはなれないだろうねえ」

「お母さん、なんでです」

妹芸妓が首をかしげた。

「普通のお人じゃないからさ」

置屋の女将が小さく首を横に振った。

「加壽美姉さんの旦那さまのことで」

「ああ」

確かめてくる妹芸妓に首を縦に振った置屋の女将が続けた。

「普通の男ならねえ、加壽美さんほどの女を吾《わ》がものとしたんだ。どうだ、おまえらに出来るかと並んで肩を抱き自慢げに見せびらかすもの……それをしないというのは、どうも気に入らない。まともな旦那じゃない」

置屋の女将が吐き捨てた。

「お母さん……」

妹芸妓が表情を変えた。

「……まあ、そうと決まったものでもないから」

自らを鼓舞するように、置屋の女将が明るい声で言った。

「ですよね。そうに違いないはず」

妹芸妓も自分に言い聞かせるように述べた。

「さあ、加壽美さんの話は終わりだよ。明日からおまえがこの店の看板だよ」

「看板は三千代《みちよ》姉さんでございましょう」

妹芸妓が怪訝な顔をした。

「三千代はもうこれ以上の伸びはない。とても加壽美が抜けた後を埋めることは出来やしない」

はっきりと置屋の女将が首を左右に振った。

「しかし、おまえは違う。これからいくらでも伸びる。さっきも言ったろう。おまえに足りないものは、座敷に、客に対する真剣さだけなんだよ。もっと座敷に集中しな。三味線だって、唄だって稽古《けいこ》に身を入れれば、まだまだ伸びるんだから。気合いを入れな」

「は、はい」

あっさりと妹芸妓がおだてに乗った。

三

鯖江藩江戸家老倉坂は、静谷民部を連れて分銅屋を訪れた。

「主はおるな」

今回も来訪を報《しら》せず、いきなり入ってきた倉坂と静谷民部に、番頭は心のなかで大きなため息を吐《つ》いた。

「おりまするが、どちらさまでしょう」

さすがに三度目となると居留守を使う気もなくなる。留守ならば帰るまで待つと言い出すか、いると言うまで何度でも不意討ちを仕掛けてくる。分銅屋では、三度目は本当に留守でない限り、主が応対するとしていた。

「鯖江藩江戸家老倉坂初衛門《はつえもん》である」

番頭に問われて倉坂が名乗った。

「しばらくお待ちくださいませ」

奥へと番頭が入っていった。

「旦那さま」

奥の居間に番頭が声をかけた。

「馬鹿がまた来たかい」

予定外の来客でもなければ、番頭が奥まで来ることはまずないし、予定していた客ならば、某《なにがし》さまがお見えですと用件を口にする。

分銅屋仁左衛門が苦笑した。

「さようでございます」

番頭も苦い顔をした。

「今度は名乗ったかい」

「はい。鯖江藩江戸家老倉坂初衛門さまだそうで」

「鯖江藩……間部さまか」

諸大名とのつきあいが多い分銅屋仁左衛門はすぐに理解した。

「さて、行きますか。諫山さま、お願いしますよ」

「承知。一番の客間だな」

左馬介もこういったときの対処は慣れていた。

「土間ですましたいところですがね」

最下級の客間へ通すのも嫌だと分銅屋仁左衛門が手を振って、居間を後にした。

土間では、苛立《いらだ》ちを隠そうともしない倉坂が待っていた。

「当家の主、分銅屋仁左衛門でございまする」

そこへ走るどころか、ゆっくりと余裕の笑みを浮かべた分銅屋仁左衛門が現れた。

「そなたが、分銅屋か。無礼であろう。武士を立たせたまま待たせるなど」

早速、倉坂が苛立ちをぶつけた。

「それは気づかぬことでございました。どうぞ」

呼んでもないのに来たのはそっちだと言わず、笑みをそのままに分銅屋仁左衛門が、客間へ倉坂を誘った。

「……うむ」

さすがに店先で騒ぎを起こす気はないのか、倉坂が一応怒りを収めた。

「参るぞ、民部」

「……はっ」

しきりに店の外、先日左馬介の入ってきた表を気にしていた静谷民部が、倉坂に言われて付き従った。

「どうぞ」

店から入ってすぐの客座敷に分銅屋仁左衛門は、倉坂を誘った。

「狭いの」

どうでもいい客用の座敷である。六畳ほどしかない。倉坂が上座へ腰を下ろしながら、文句を言った。

「両替商でございますので、座敷で商談というのはあまり」

分銅屋仁左衛門が応じた。

「金貸しであろう」

「いえいえ、あくまでも当家は両替商でございます。いささかお金の融通もいたしておりますが、ほんの副業でございまする」

倉坂の詰問を分銅屋仁左衛門はさらりと流した。

「なんでもよいわ。金を貸していることに違いはあるまい」

「……………」

断定した倉坂に分銅屋仁左衛門はなにも言わなかった。

「早速だが、金を貸せ」

「お金を……それは倉坂さまにでございますか」

個人の借財かと分銅屋仁左衛門が訊いた。

「ふむ。儂《わし》ならいくら貸す。一万両か、二万両か」

豪儀《ごうぎ》そうに反《そ》っくり返って倉坂が訊いた。

「五両まででございますな」

「……なにっ」

「それ以上はお貸し出来ませぬ」

分銅屋仁左衛門が笑みを消した。

「りょ、慮外者《りよがいもの》。間部家において江戸家老を務め八百石をいただいておる拙者に対し……」

「紙入れの中身を見せていただけますか」

怒る倉坂に分銅屋仁左衛門が要求した。

「なんだとっ」

「もし、五両以上の金が入っておりましたら、お詫びとして千両差しあげましょう」

予想外のことを言われた倉坂が絶句し、分銅屋仁左衛門がさらに告げた。

「せ、千両」

倉坂に付いてきた静谷民部が息を呑んだ。

「………………」

しかし、倉坂は黙った。

「お見せいただけぬようで」

分銅屋仁左衛門がため息を吐いた。

「では、ご用件を正確にお願いいたしましょう」

分銅屋仁左衛門が急《せ》かした。

「こやつっ」

倉坂が分銅屋仁左衛門の意図に気づいた。分銅屋仁左衛門は倉坂の鼻先を折ったのだ。

「……間部家へ金を用立てよ」

「おいくらでございましょう」

分銅屋仁左衛門が正確にと言ったはずだという顔で促した。

「二万両以上、出来れば五万両は欲しい」

倉坂が金額を口にした。

「金貸しは副業でございますが、損をするつもりはございません。二万両もの大金を貸すならば、それなりの形《かた》をいただかねばなりませぬが、間部さまにそのようなものはございますか」

「形を取るだと。当家が借りた金を返さぬと」

分銅屋仁左衛門の言いぶんに、倉坂がふたたび怒りを見せた。

「失礼ながら、金を借りるということが、なんなのかおわかりではないようで」

「どういうことじゃ」

怒りの矛先をまたも逸《そ》らされた倉坂が戸惑った。

「金を借りる。それは収入ですべてを賄《まかな》いきれていないという証《あかし》。つまりは、算盤勘《そろばん》定と、辛抱が出来ないと」

「むっ」

倉坂が詰まった。

「たしか間部さまは四万石でございましたか。となれば、収入はおよそ二万両。そのうちご家中の禄《ろく》と縁を除けば、お手元には六千両も残りますまい。ましてや、越前鯖江は実高が表高の半分と言われるところ。実際は三千両ありますか。その三千両で、藩主さまご一統の生活と国元、江戸の維持、政《まつりごと》、そして参勤交代を賄えますか」

「……………」

「おそらくご家中の皆さまから半知《はんち》くらいの借り上げをおこなっておられましょうが、それでも足りない。だから借財となりまする」

嚙《か》んで砕くように分銅屋仁左衛門が説明を続けた。

「二万両、鯖江藩の一年を丸々捨てても足りません。そこに利が付きまする。わたくしどもは世間さまより少しばかり利を低くいたしておりますが、それでも利は一年に二千両」

「に、二千両」

「はい。それだけなにをしなくても借財は増えていきまする。もし、二万両を十年で返すというお約束とした場合、間部さまが当家にお支払いになるのは元利合わせて四万両となりまする」

「倍ではないか。暴利だ」

金額の多さに倉坂が圧倒された。

「正確に計算いたしましたら、もっと増えまする。元金は毎年二千両増えるのでございますから。もし、元金を返さずに一年経てば借財は二万二千両となり、翌年は二万四千二百両になりまする」

「利に利が付くと」

さすがに家老をするだけに計算は出来た。

「お返しいただけますか」

「返せるわけなかろう」

分銅屋仁左衛門に尋ねられた倉坂が言い返した。

「となると、当家が損をいたすことになりまする。先ほども申しあげました。商いは損をいたしてまでするものではございませぬ」

きっぱりと分銅屋仁左衛門が断った。

「ならば、これでどうだ。当家の家中にしてやろう。武士にしてやる」

倉坂が提案した。

「不要でございまする。すでに十をこえるお大名さまから、名字帯刀を許されておりまするので」

身分にかかわりなく、金は借りるまで、貸すほうが強い。金を借りたい者はなんとかして、貸してくれる者の機嫌を取ろうとする。そこで大名は、武士という身分を贈りもの代わりに使った。金で武士を押さえこんだとはいえ商人は町人でしかなく、公式の場では武士の下につかなければならない。武士身分をもらうというのは、それを打開する唯一の方法であり、商人にとってじつに魅力のあるものであった。とはいえ、最近は武士身分を濫発《らんぱつ》しすぎて、値打ちは大分と落ちている。

武士という身分に興味はないと分銅屋仁左衛門が手を振った。

「…………」

断られた倉坂が口をつぐんだ。

「ご家老さま」

静谷民部が倉坂に声をかけた。

「やむを得ぬ」

倉坂が大きく息を吐いた。

「分銅屋、今から申すことは他言を許さぬ」

「口の軽い金貸しはございませぬ」

顧客の秘密は守るのが商いの仁義であると、分銅屋仁左衛門が胸を張った。

「もしも漏れたときは……」

倉坂が太刀《たち》の柄《つか》に右手を触れた。

「お帰りを。そのような面倒ごとはお断りいたしまする」

斬ると脅された分銅屋仁左衛門がにべもなく告げた。

「なっ」

「えっ」

倉坂と静谷民部の二人が、分銅屋仁左衛門の言葉に唖然となった。

「わたくしは商人。お大名家の内情に口を挟むつもりはございませぬ。ましてや、命を懸けるなど御免こうむりまする」

お帰りはあちらと、分銅屋仁左衛門が掌《てのひら》を見せた。

「ま、待て」

倉坂が焦った。

「わかった、わかった。家中の秘は言わぬ」

「それでは、金の遣い道がわかりませぬ」

貸してしまってからでは、金をどう遣うかに口出しは出来ない。今、訊いたところで適当なことを言われてごまかされてもしかたないが、一応の目安にはなる。

「当家を国替えしてもらうための金じゃ」

「国替えを」

倉坂の返答に、分銅屋仁左衛門が考えた。

「分銅屋も知っておろうが、当家はもと高崎に領地を与えられておった。そこから越後村上、さらに越前鯖江へと移された。言わずともわかろうが、転じられるたびに領地の状況は悪くなった」

高崎は江戸に近い。赤城《あかぎ》おろしという強い風が吹くため、冬は厳しいが物なりは悪くないし、北国《ほっこく》街道の要地であり人の往来も多い。家宣、家継と二代の将軍に寵愛《ちょうあい》された間部越前守詮房にふさわしいだけの領地であった。

越後村上は、冬の厳しさでは高崎どころの話ではないうえ、冷害も受けやすい。物なりでは高崎よりもはるかに悪い。とはいえ、水運、海運の利を持ち、日本海航路の要地であった。

前述の二つに比べて越前鯖江は、まったくなにもない土地であった。寒冷の地であるため、当然物なりは悪い。交通の要地でもない。そのうえ、村上のときよりも一万石減らされている。高崎、村上、鯖江と二度の引っ越しで蓄えを遣い果たした間部家にとって、まさに地獄の領地であった。

「このままでは間部家の先はない。これも大御所《おおごしょ》さまのお怒りを買ったことが原因である。ならば、そのお怒りをご当代公方さまに解いていただけばいい。さすれば、また間部家は浮きあがれる。できれば高崎へ戻していただきたいが、それが叶《かな》わずとも、どこかへ移してもらえればいい。今より悪くなることはなかろう」

倉坂が語った。

「移封《いほう》を頼むための金。要路へ撒《ま》かれる」

「それもある。だが、本当の狙いは、殿をお役目にお就け申すことだ」

遣い道を確認した分銅屋仁左衛門に、倉坂が首を横に振った。

「奏者番《そうじゃばん》から寺社奉行、そして若年寄あるいはお側用人と出世していただく」

倉坂が目的を口にした。

「お役目に就かれることで、御上のお怒りは解けたとして世間へ知らせる」

「うむ」

解釈を口にした分銅屋仁左衛門に、倉坂がうなずいた。

「殿は賢君であられる。お役にさえ就けば、まちがいなく公方さま、執政衆《しっせい》の方々の目に留まる。さすれば、後は心配ない。ただ、今のままでは殿のご能力が知れぬままで終わってしまう」

「きっかけ作りだとお考えですな」

「うむ」

倉坂が吾が意を得たりと、首を縦に振った。

「きっかけ作りに二万両は多すぎませぬか。奏者番ならば、二千両もあれば足りましょう」

田沼意次と親しくつきあう関係上、幕府役人への推薦相場というのを分銅屋仁左衛門も知っていた。

「たしかに奏者番だけならば、二千両もあれば足りよう。だが、そこから先を見据えれば、それでは不十分であろう」

倉坂が先を見ての投資だと言った。

「……倉坂さま。商人として一言よろしゅうございますか」

分銅屋仁左衛門が真剣な目をした。

「かまわぬ」

「ありがとう存じまする。では、遠慮なく申しあげますが、先を見るよりも、今は足下を固めるべきかと。背伸びをなさるのはよろしゅうございますが、足下をお留守になさると倒れてしまいかねませぬ。何度も申しますように借りた金には利子が付きまする。二千両ならば二百両ですみまするが、二万両となれば二千両。利子だけで奏者番への推薦が出来てしまいまする」

「……ううむ」

分銅屋仁左衛門の話を聞いた倉坂が唸《うな》った。

「二万両遣っても、最初は奏者番か詰め衆でございましょう」

詰め衆とは将軍の話し相手をする譜代大名の名誉ある役目で、ここで気に入られると側近への登用もあった。

だが、慣例が幅を利かせている現状では、奏者番になり、数年後に寺社奉行を兼ね、そこから側用人、若年寄へと出世するほうが確実であった。

「ならば、まずは奏者番になることを考えるべきでしょう」

分銅屋仁左衛門が最初から巨額を借り入れるのはやめたほうがいいと助言した。

「奏者番になることを重視しろと」

「はい」

念を押した倉坂に、分銅屋仁左衛門がうなずいた。

奏者番は譜代大名のなかから選ばれ、諸大名、役人の謁見に付き添い、その紹介をしたり、献上物の受け取りを担当する。将軍へ大名の来歴を披露するのが主な仕事で、すべての大名の先祖から、当代にいたるまでの歴史などを覚えなければならず、不勉強では務まらなかった。その代わり、奏者番で能力を認められると、幕府三奉行の筆頭とされる寺社奉行を兼務し、幕政への参画が認められる。まさに、登竜門といえる役目であった。

当然、奏者番のなかでの競争も激しく、ここで生涯を終わる者、途中で脱落していく者も少なくはなかった。

分銅屋仁左衛門は間部若狭守を知らない。どのていどの能力があるのかわからない状況で、無理を引き受けるつもりにはなれなかった。

「二千両なら貸してくれるのだな」

「はい。二千両ならば。ただし、形はお預かりいたしまする。これは御三家さまであろうが、御譜代大名さまであろうが、決めごとでございまする」

無条件では貸さないと分銅屋仁左衛門が述べた。

「……わかった。まずは二千両を頼む。それ以上要りようとなったときは……」

「別途、そのときの状況でお話を願いまする」

倉坂の求めを分銅屋仁左衛門が条件付きで受けた。

四

倉坂と静谷民部の二人を見送って戻ってきた分銅屋仁左衛門を、怪訝な顔をした左馬介が待っていた。

「なにか気になることでもございますかな」

分銅屋仁左衛門が笑いながら、言いたいことがあるなら言えと促した。

「金を貸されるのか」

「ええ。貸しますよ」

左馬介の問いに分銅屋仁左衛門が平然と認めた。

「気に入らぬのではなかったのか」

「もちろん、あのお方たちは気に入りませんよ。ですが、気に入る、入らないで商いをするわけにはいきませぬ」

妙な顔をした左馬介に分銅屋仁左衛門が笑いを消した。

「大丈夫なのか」

「二千両ですか。まあ、それくらいならば大丈夫でしょう」

返済を心配した左馬介に分銅屋仁左衛門が笑みを戻した。

「奏者番というのは、そんなに値打ちがあるのか」

二千両を出してまで、なりたいほどの役目かと左馬介が首をかしげた。

「数も多いし、さほどの権限もございませんが、これを経験していないと後々困るのですよ」

分銅屋仁左衛門が手を振った。

「後々困る……」

「御上も決まった順路で動きますのでね。執政になられているお方は、全員奏者番を経験なされておりますよ」

「そうなのか。していないと出世出来ない」

　左馬介が戸惑った。

「出来ないわけじゃございませんがね。奏者番、寺社奉行を経て、若年寄、大坂城代、京都所司代、これらどれかを経験しておきませんとご老中さまにはなれないことに」

「ほう」

　左馬介が感嘆の声を漏らした。

「柳沢美濃守《やなぎさわみののかみ》さま、間部越前守さまでも老中格であったのは、そのせいだとか」

　五代将軍綱吉《つなよし》の寵臣柳沢美濃守、六代将軍家宣、七代将軍家継の腹心間部越前守も執政にはなっているが、どちらも格が付いている。これは老中と同じ仕事と権限を持つが、正式なものではなく一段下という意味であった。

「手順を踏むか。たしかに大事なことだろうが、それでは有能な者が登っていくには面倒が多すぎる」

「はい。無駄なことですが、ご老中方にしてみれば、将軍のお気に入りというだけで、己《おのれ》たちの縄張りに踏みこまれるのはおもしろくございますまい」

　嘆息した左馬介に分銅屋仁左衛門が同意した。

「問題は田沼さまでございます」

「主殿頭《とのものかみ》さまが……ああ、旧来の慣例が足を引っ張ると」

分銅屋仁左衛門の懸念《けねん》を左馬介が理解した。

「さようで」

首肯《しゅこう》した分銅屋仁左衛門が、一度言葉を切った。

「……柳沢美濃守さまや間部越前守さまと同じようになられねばよいのですが」

「どういう……」

左馬介がいぶかしげな様子を見せた。

「お二方とも、引き立てをくださった公方さまがお亡くなりになった途端にお役を外され、お引きこもりとなられた」

分銅屋仁左衛門が懸念を口にした。

「やがて、田沼主殿頭さまも寵臣として引きあげを受けられましょう。あれだけ切れるお方、執政までいかれましょう。ですが公方さまがお亡くなりになられたら……」

「…………」

その先を理解した左馬介が黙った。

「人は神ではございません。未来《さき》のことを憂いても意味はありませんな」

分銅屋仁左衛門が話を終わらせた。

「ああ。明日ほどあてにならないものはない」

その日暮らしをしていた左馬介は、未来なんぞ信じていないし、考えたこともなかった。

「のう、分銅屋どの。その未来《さき》をわからぬおぬしが、間部家に金を貸すのがわからん」

貸した金が返ってくるかどうかなどわからないのだ。左馬介は最初の疑問へと話を戻した。

「おわかりではありませんか」

困惑しているような左馬介に分銅屋仁左衛門が笑いかけた。

「わからん」

降伏だと左馬介が両手を挙げた。

「なぜ二千両に値切ったか、そこを考えていただければ、わかりますが」

「……二万両を二千両に」

左馬介が苦吟した。

「奏者番というお役目の価値ではないということか」

分銅屋仁左衛門が倉坂に告げた理由は違うだろうと左馬介が推測した。

「さすがでございますな。ではなにか」

「……思いもあたらん。そもそも小判でさえ見たことのないような生活をしてきたのだ。二千両と二万両の差もわからん。とりあえず、拙者がどうにか出来るものではないということはわかるが」

「あはははは」

楽しそうに分銅屋仁左衛門が笑った。

「間部さまには、将軍家御拝領の品が山のようにあるからでございますよ」

「そうか」

そこまで言われて左馬介も理解した。

間部家の始祖、間部越前守は六代将軍家宣、七代将軍家継の側近だったのだ。それこそ蔵一杯の拝領品を持っていてもおかしくはなかった。

「その拝領品をお預かりすればよろしい。これが二万両となれば、さすがに引き合うほどのものはないでしょうが、二千両ならば十分」

「畏《おそ》れ入った」

しっかりと計算ずくであったと告げた分銅屋仁左衛門に、左馬介が頭を垂れた。

「それよりも、あそこで拒めば、恨みを買いましょう」

「恨みなど気にもすまい」

金貸しは他人の妬《ねた》み、恨みを受けやすい。分銅屋仁左衛門も何度か嫌がらせや襲撃を受けている。

「気にはしませんがね。それでも敵を増やすよりはましでございましょう。そうでなくとも面倒ごとは多いのですよ」

分銅屋仁左衛門が目をすがめて、左馬介を見つめた。

「うっ」

つい先日、村垣伊勢を襲った者を追い払っている。しかも、そいつは村垣伊勢の手によって命を奪われ、大川に浮かんだ。そのことで、分銅屋のもとに定町廻り同心の東野市ノ進が訪ねてきている。騒動の方向によっては、左馬介はより深くかかわりを持つことになりかねない。

左馬介が唸ったのも当然であった。

「さっ、行きますよ」

分銅屋仁左衛門が左馬介を促した。

「どこへだ」

「間部さまから借財のお話があったと、田沼さまにお話ししておかなければいけません」

行き先を尋ねた左馬介に、分銅屋仁左衛門が答えた。

李兵衛はちょっとした商家の旦那と見える小袖《こそで》に渋い茶染めの羽織を身につけて、柳橋に来た。

「初めてなんだけど、あげてもらえるかい」

まだ日が落ちるには間がある。適当に寂れている茶屋に李兵衛が声をかけた。

「お初めてさんで」

「柳橋は初めてでね。ずっと深川で遊んでいたんだけど、こちらに名物と呼ばれる芸妓がいると聞いてね。一度拝んでおきたくて」

「……さようでござんすか。どうぞ、お二階へ」

紹介者がなければ、箒《ほうき》で掃き出すようにする見世もあるが、深川や柳橋ではよほどの格式を誇る数軒の見世だけで、他は席が空いていれば受け入れる。

「女将さん、お初のお方で」

下足番が李兵衛のことを告げに奥へと入った。

「お初さんかい。ありがたいね」

茶屋の女将がよろこんだ。

「それが、柳橋には名物と呼ばれる芸妓がいると聞いたので、見たいと思って来たとの仰せでござんして」

「名物の芸妓かい。そりゃあ、加壽美さんのことだね」

「でござんしょう」

難しい顔に変わった女将に下足番が同意した。

「加壽美さんは、落籍祝いをしてもういないからねえ」

女将が首を横に振った。

「いかがいたしやしょう。それを教えちゃ帰られると思って、二階へご案内しておきやしたが」

「よくしてのけてくれたね。加壽美さんのことはとぼけて、誰か代わりをあてがうしかないね」

「誰にいたしやしょう。今なら、誰でもどうにかなりますぜ」

まだ客が訪れるには早い。下足番が相談した。

「そうだね。鈴屋《すずや》の美登利《みどり》さんにしよう。あの妓《こ》なら、三味線も出来るし、美人ながら、お高く止まってもないしね」

女将が適当な芸妓を指名した。

「なるほど。美登利さんならまちがいございやせんね。では、そのように。それまではお客さまのお相手をお願い出来ましょうか」

「わかっているよ」

いかに初回の客とはいえ、座敷に通して放ったらかしというわけにはいかない。下足番が芸妓を呼んでくるまでの間、酒と軽いつまみを出して相手をしなければ、失礼すぎる。

「御免くださいませ」

すぐに女将は杢兵衛のもとへと顔を出した。

「本日はようこそ、おみ足を運んでくださいました。当家の女将でございまする」

「これは、女将さん自らのご挨拶とは畏れ入る。深川の松屋杢右衛門と申します。今日は、不意に来て申しわけなかった」

杢兵衛が偽名を口にした。

「松屋の旦那さま。どうぞ、これからご贔屓に」

女将が一礼して、杢兵衛のもとへ膝《ひざ》でにじり寄った。

「芸妓は今呼びにいかせておりまするので、今少しお待ちを」

そう言って、女将が手を叩いた。

「へえい」

応じるように膳を捧《ささ》げて、若いというより幼いに近い女が現れた。

「なにもございませんが、これでおしのぎを」

女が膳を置くのを待って、女将が瓶子《へいし》を手にした。

「いただこう」

杢兵衛は盃を出して酒を受けたが、目は幼い女に向かっていた。

「…………」

こういう商売をしていて、客の目がどこを見ているかに気づかないようでは、女将など務まらない。

「伊代《いよ》、お相手を」

「あい」

女将が幼い女に杢兵衛の隣に座るように指示した。

「では、わたくしは妓《おんな》を急《せ》かして参ります。伊代、頼んだよ」

伊代と呼んだ幼い女に釘《くぎ》を刺すと、女将はさっさと座敷から退散した。

「……やれ、まだ毛も生えていないのがお好みかい」

女将が奥でぼやいた。

「さすがに初回で変なまねはしないだろうけど、美登利さんはまずかったかね。たしか、今年で二十五歳になったはずだ」

芸妓の世界は十二、三で見習いに出て、十五から十八くらいで襟替《えりが》えをする。そこから四、五年が華とされる時期であり、二十五歳ともなると年増《としま》と呼ばれる。

「お客のなかには、見習いに出たての子の初物を喰《く》いたがるお方もいないわけじゃないけど……まあ、その手の類いだと思って次を考えるとするか」

女将が冷えた番茶を口に含んだ。

「お姉さん、ありがとうございます」

そこへ美登利が来た。

「悪かったね。不意で。お二階にお初の方がお見えで、芸の出来る妓をというご要望だったので、美登利さんに声をかけさせてもらった。お商売は知らないけど深川の旦那で松屋杢右衛門とおっしゃる。身形《みなり》から見るに、それなりのお店だと思うよ」

「はい」

「あともう一つ、うちの伊代をお気に入ったみたいだから」

「伊代さんを……わかりました」

女将の付け加えた注意に、一瞬美登利の眉が嫌そうにしかめられたが、すぐに消えた。

「では、行って参ります」

「気を付けてね」

二階へ向かう美登利に、女将が声をかけた。

伊代を隣に置いて杢兵衛はご機嫌であった。

「美登利さん、送ります」

階段の下から男衆の声がし、軽い足音とともに美登利が座敷へあがってきた。

「ありがとう存じます。美登利と申しまする」

「美登利……」

加壽美を呼んだつもりだった杢兵衛が怪訝な顔をした。

「つかぬことを訊くがの。儂《わし》が深川で聞いた名前と違うのだが……」

伊代のふともに手を置いたまま、杢兵衛が問うた。

「柳橋で名の知れた芸妓でございましたら、わたくしか伊津野《いづの》さん、島野《しまの》さんくらいかと」

お俠《きゃん》が売りの柳橋芸妓である。矜持《きょうじ》も自負も高い。堂々と美登利が己の名前を出した。

「どれも合わぬの」

李兵衛が首をかしげた。

「あのう……」

黙って触られているのを我慢していた伊代が声を出した。

「うん、どうした」

李兵衛が美登利に向けるのとは違った柔らかい笑顔で促した。

「加壽美姉さんのことでは」

「おう、そうだ。そんな名前だった。おまえは賢いのう」

満足げに李兵衛が伊代の頭を撫でた。

「その加壽美というのは、どうした。他の座敷か」

李兵衛が機嫌を悪くして、美登利に訊いた。

「もう加壽美さんはおられません」

美登利が愛想を消して、首を横に振った。

「どういうことだ」

「落籍されたのでございます」

目つきを鋭くした杢兵衛に美登利が答えた。

「それは見事な落籍披露の宴でした。柳橋の見世を買い切って……」

思い出したとばかりに伊代がうっとりとした。

「そうか、そうか。そんな見事な落籍祝いは聞いたこともない。それだけのことが出来る旦那さんは、どなただい」

杢兵衛が伊代をなだめすかすようにして尋ねた。

「それがどなたかわからないのでございます」

伊代が首を左右に振った。

「どういうことだい」

「目立つのがお嫌だとか」

「ふうん。それだけ豪儀なお方とお話をしてみたいと思ったんだけどねえ」

残念そうに杢兵衛が言った。

「で、落籍された加壽美さんだったかは、どこかに家でも」

手のなかの花とした芸妓や遊妓には、一軒屋を与える旦那が多い。家に連れこむと正妻との間にもめ事が起こりやすいからである。

「それは……」

「伊代さん」

話しかけた伊代を美登利が制した。

「柳橋を出た人のことをみだりに口にするもんじゃないよ」

美登利が伊代を叱った。

「……ああ、無駄足をさせたね。これで勘弁しておくれ」

李兵衛が二分銀を一枚、美登利に渡そうとした。

「芸の披露もいたしておりません。結構でござんす」

柳橋芸妓の誇りがある。それを断って美登利が出ていった。

「やれ、怒らせてしまったねえ」

笑いながら李兵衛が頭を掻《か》いてみせた。

「出したものを引っこめるのもよろしくないからね。お菓子でも買いなさい」

美登利が袖にした二分銀を李兵衛が伊代の胸元へ押しこんだ。

「えっ、こんなに」

伊代がうろたえた。

二分は銭にして三千文に近い。職人が八日働いて手に入るかどうかという大金であった。

「遠慮しないでいいよ。おまえさんのことを気に入ったしね」

戸惑っている伊代の手を握りながら、李兵衛が優しいほほえみを浮かべた。

「で、加壽美さんはどこにいるか、知っているかい」

李兵衛が問うた。

第五章　敵か味方か

一

落籍披露をして柳橋芸妓《げいぎ》から身を退《ひ》いた村垣伊勢は、今まで通り分銅屋の長屋にいた。

「馬鹿どもが……」

村垣伊勢は、杢兵衛をはじめとする田仲屋の手の者が、己《おのれ》を見張っていることにしっかりと気づいていた。

「もう世間体を気にする芸妓ではない。遠慮は要《い》らぬ」

村垣伊勢は、同僚のお庭番馬場《ばば》大隅《おおすみ》の手を借りることにした。

「なにをすればいい」

同じように吉宗の遺命で、田沼意次に従っている馬場大隅が問うた。

「田仲屋の手の者を片付けるゆえ、死体の始末を頼みたい」

「死体など、大川に捨ててしまえばよいだろう」

馬場大隅がいつものようにしない理由を問うた。

「田仲屋への脅しに使う」

「ふむ。死体は田仲屋が気づくように、ということだな」

馬場大隅が納得した。

「で、田仲屋に知らせてどうする」

その先を馬場大隅が訊《き》いた。

「なあ、大隅。昨今の江戸は裏の者が幅を利かせていると思わぬか」

「たしかにの」

村垣伊勢たちお庭番から選ばれた四人は、江戸地回り御用という役目に就いたという形を取っている。当然、それにかんする役目も果たさなければ、江戸地回り御用が隠れ蓑《みの》だと気づかれてしまう。それを防ぐため、四人のお庭番は、それぞれの拠点を中心として、江戸市中の様子を探っていた。

柳橋、浅草という繁華な場所を担当していた村垣伊勢である。そういった連中とのかかわりは、芸妓のときにも多かった。

「おいらの女になりな」

「親分がお待ちだ。身体《からだ》を磨いてこい」

それこそ毎日のように、そういった連中から絡《から》まれていた。

「あたしに手を出すのはやめたほうがよろしゅうござんすよ。旦那が黙ってませんから」

他人目《ひとめ》のあるときはそう言って流し、

「何様のつもりだ」

このまま掻《か》っ攫《さら》ってしまえと、他人目のないところだったときは、

「ぐっ」

「げへっ」

その場を去らさずに、息の根を止めた。

「柳橋の加壽美には手出しするな」

いくら使い捨てとはいえ、手下が数人も減れば縄張りの維持にも支障が出てくる。

「赤鬼の源助《げんすけ》の若い者が減っている」

「やっちまうか」

裏の連中に仁義も情もなかった。そこに付けこんで、敵を潰《つぶ》すことはあっても、己が情に流されることは決してない。

「叔父貴《おじき》」

「兄い」

そう呼んで腰低く接していた連中が、掌《てのひら》を返すなんぞ当たり前、欺《だま》すほうが賢くて、欺されるほうが馬鹿だという渡世なのだ。

己以外は信用出来ない。下剋上《げこくじょう》で、配下に殺される、追い出される親分が多いだけに、油断は死に繋《つな》がる。

どれほど女の美貌に血迷っていても、それくらいの勘定は出来る。

こうして村垣伊勢は、芸妓が泣く泣く身体を差し出す相手から身を守ってきた。

「これを期に、少し減らしてもよいと思う」

「江戸の平穏も地回り御用のお役目でもあるしの」

村垣伊勢の考えを馬場大隅が認めた。

「今夜から始める」

「承知した」

馬場大隅が協力を約した。

村垣伊勢にとって夜は都合がよかった。

長屋の住人が寝静まるというのもあるが、なにより左馬介が分銅屋に詰めていていない。

「用心棒は、目ざとい」

盗賊は夜来る。それも奉公人が昼間の疲れから眠りこんで、多少のことでは目覚めない丑《うし》の刻（午前二時ごろ）こそ狙い目と、忍んでくる。

「気配が……」

わずかな音、止まった虫の声、風の音の変化などで、侵入者が来たということを悟らなければ、一流の用心棒とは言えない。

もっとも左馬介は一流ではなく、二流の端に手がかかるかどうかというくらいだが、それでも村垣伊勢の行動、いや、無頼《ぶらい》たちの姿に気づく可能性は高い。

「あまり脅し過ぎると、女扱いされなくなる」

村垣伊勢が左馬介の上に乗ったり、腕に抱きついて胸を押しつけているのは、女を強調して、興味を戦いからそらすためであった。

「まずは一人」

馬場大隅がどこかに潜んでいる。

村垣伊勢は安心して動いた。

「ふわああ」

長屋の木戸口が見張れる辻角《つじかど》に立っていた杢兵衛の配下が、盛大なあくびをした。

「女なんぞ、さっさとやっちまえばいいものを」

夜を徹しての見張りは、辛《つら》い。我慢や辛抱が出来ないからこそ、まともな生活を送ることが出来ず、博打《ばくち》や強請集《ゆすりたか》りに逃げたのだ。

「出来たらいいの」

「えっ」

頭上から降った声に、見張りが気を奪われた。

「江戸のためだ」

見張りの上、屋根から飛び降りた村垣伊勢が、その勢いを相手の首にぶつけた。

「くひゅ」

小さな息を漏らして見張りが死んだ。

「相変わらず、見事だ。とても軽い女の技ではないぞ」

馬場大隅がもう一人の見張りらしい男の首根っこを摑《つか》んで現れた。

「………」

暗に重いなと言われた村垣伊勢が、馬場大隅を睨《にら》んだ。

「さて、こいつから話を聞くとしようか」

村垣伊勢の睨みを気にせず、馬場大隅が首を摑んでいる男を見た。

「……ぐえっ」

すべてを吐き出させられた男は、馬場大隅によって首を縊《くび》られて息絶えた。

「播磨屋……」

「聞いたことはあるか」

吐かせた無頼の親分の名前を呟《つぶや》いた馬場大隅に、村垣伊勢が問いかけた。

「表は船宿だが、裏では賭場《とば》と岡場所をやっている。無頼のまとめ役らしい男だ」

「裏稼業については」

「そこまで手が回らぬ」

さらに訊いた村垣伊勢に、馬場大隅が首を横に振った。

「ああ」

村垣伊勢が納得した。

四人で広大な江戸の城下を隅々まで調べることは無理であった。

「まあよしとする。これで一つ闇が消える」

「すぐに後が来るがの」

馬場大隅の言葉に、村垣伊勢が皮肉を返した。

「そうなれば、また潰すだけのこと」

強く馬場大隅が宣した。

「そうじゃな」

村垣伊勢も同意した。

「さて、捨ててくる」

馬場大隅が軽々と二人を担ぎあげた。


船宿播磨屋は、船を出して魚を釣ったり、物見遊山に出かけたりするような客ではなく、看板を出していない遊女屋、貸座敷として利用する者がほとんどであった。

当然、自前の船などまず要らない。

だからといって、船宿が船を持っていないなど、世間からいぶかしげな目を向けられることになる。

それを防ぐために船宿の真裏、水路に船を二艘《そう》浮かべていた。

「おいおい、誰だい、店の船で寝ているのは」

朝、掃除に出てきた船宿の奉公人が、水路に繋いである船の上に横たわる二人の男を発見した。

「ちっ、酔っ払いめ」

声をかけただけでは起きてこない男たちに、奉公人が舌打ちをしながら船へと飛び移った。

「おい」

滅多にないが、飲み過ぎて家まで帰り着けない酔っ払いが船のなかで寝ていることはあった。この奉公人も何度か、そうやって酔っ払いを起こした経験があった。

「……し、死んでる」

肩に手をかけられた男がぐるりとひっくり返って、白目と血の気のない舌を出した。

「お、女将《おかみ》さん」

普通の奉公人なら、盛大な悲鳴をあげるか、大いにうろたえるが、裏稼業播磨屋にいるだけのことはある。

他人目に付かないように死体に薦《こも》をかけて、女将へ報《しら》せた。

「……これは、九介《きゅうすけ》と粂三《くめぞう》」

　鷹を少しめくった女将は、それが播磨屋の配下だとすぐに気づいた。

「懐《ふところ》を探って、身元の知れそうなものがあれば取りあげて、死体は川に流してしまいな」

「へい」

　女将の指示に従って、奉公人は二人の死体を川の中央まで運んで流した。

「旦那さま」

　奉公人に始末を命じた女将は、その足で播磨屋を訪ねて、ことを報告した。

「加壽美を見張らせていた粂と九が殺された……こいつは、ちいと面倒になるかも知れないねえ」

　播磨屋が難しい顔をした。

「柳橋を買い切るほどの金持ちだ。正体が知れれば、ちょっと金になるかと思って探らせたが……ひょっとすると同商売かもな」

「このあたりだと、引間屋《ひきまや》、鈴木源治郎《すずきげんじろう》」

　播磨屋の考えに、女将が思い当たる名前を口にした。

「違うな。あの二人に柳橋を買い切るほどの金はない。この私も女一人のためにそれだけの金は遣えない」

難しい顔を播磨屋がした。

「おそらく千両は出したはずだ。それだけの金を出せる……そういえば、加壽美の住んでる長屋は、あの分銅屋の持ち物だったね」

「はい。あのあたりではもっとも立派な長屋だと評判でございます」

女将が首肯《しゅこう》した。

「……分銅屋の主《あるじ》は独り者じゃなかったか」

「そういえば、新造について聞いたことはございません。まさか……分銅屋はとっくに不惑《ふわく》に達しているはず。それが二十歳過ぎのもと芸妓を妻にするなんぞ、釣り合いません」

播磨屋の推測を女将が否定した。

「たしかに分銅屋ほどの身代持ちが妾《めかけ》ならまだしも、柳橋に出ていた女を妻にするとなれば、親戚中が大反対するだろうが、あそこは先代の不始末で親戚のつきあいをすべて切られていると聞いた」

裏はどれだけ世間の醜聞《しゅうぶん》を知っているかで、商いの幅が違ってくる。播磨屋は日本橋の大店《おおだな》の旦那が新しい妾を囲ったかはもちろん、どこの僧侶が吉原通いをしているかなどを把握していた。

「加壽美という芸妓が柳橋にいたことを世間が忘れるまで長屋で囲っておいて、ときを見計らって嫁に迎えると」

女将が確かめるように問うた。

「……あとは、分銅屋に条と九を始末して、店の裏へ捨てるだけのまねが出来るかだねえ」

播磨屋が思案に沈んだ。

二人の見張りがばれるくらいは珍しいことではなかった。どれだけうまく隠れたつもりでも、日頃見かけない風体の男がいるとなれば違和を感じる。普通はそのまま気にせず流してしまうのだが、女の護衛などで見逃せない者もいる。そして声をかけてみるなり、近づくなりして、もめ事になって殺すということもないわけではない。

問題は男二人が播磨屋の手下だと調べあげたことにあった。捕まえて吐かせたか、後を付けてか、どうやったかはわからないが、二人の後ろにいるのが播磨屋だと知ったところにあった。

「…………」

こうなったときに邪魔をするようでは、女将もさほどではない。女将は黙って播磨屋が思案の海から戻ってくるのを待った。

「分銅屋を調べさせよう。分銅屋には金がある。引間屋か鈴木が食いこんでいるのかも知れない。金貸しには後ろ暗いこともあろう」

播磨屋が決断した。

「そのときはどういたします」

「代わってやろうじゃないか。分銅屋の裏は、この播磨屋が握る」

尋ねた女将に播磨屋が唇をゆがめた。

二

左馬介はいつものように、昼休憩に入る前の見廻《みまわ》りをしていた。店の裏木戸から出て、表を見て、そのまま裏木戸へ戻る。

「……誰かいるな」

よほど分銅屋を見続けてでもなければ、浅草門前町へ繋がる表道は人通りが多過ぎて気配を探るというのは不可能に近い。

しかし、裏木戸が面している隣家との間の路地は狭く、用のない者が通りかかることはまずない。

「用心桶《ようじんおけ》の陰か」

手間取ることなく、左馬介は見張りを見つけた。

用心棒をするようになって、左馬介はいろいろなことを学んできた。

なかでも用心棒にとって、もっとも大事なことがなにかを知る機会があった。盗賊の下見と思われる裏木戸を出たところにあった梯子《はしご》の型や足跡である。これらは用心棒にとって決して見逃せない痕跡であった。

「いつもと違う」

昨日はなかった痕跡がある。

それに気づかなければ夜中眠りこけて、盗賊の襲撃を防げなくなる。店の金を奪われるのは、用心棒として失格であるが、なによりもその前に盗賊によって邪魔だと殺される。

用心棒は命のかかった仕事なのだ。

左馬介は経験を積んだことで、違和というものを決して見逃さないように努めてきた。

もちろん、違和を感じるには、まずいつもの風景を頭に刻みこんでおかなければならない。

毎日、毎日、どこになにがあり、日の高さがどのへんならその陰はどうなっている か、この路地を使う者はどこの誰で、何刻くらいが多いかを記憶する。

先々の時計になれや行商人ということわざがあるくらいだ。行商人は、毎日決まった刻限に同じところを通る。そうしないと客が困る。来る刻限がまちまちだと、その行商人が来るかどうかさえさだかでなくなり、ものを買えるかどうかさえわからなくなってしまう。

「精が出るの」

「先生こそ」

顔なじみの行商人は安心出来る。

「先生、店の角に見たこともない流れの職人が座ってやすよ」

なじみの行商人ともなると、いろいろなことを教えてくれたりもする。

「どっちを見張っている」

身体に緊張が走ったり、そちらに目を向け続けると気取《けど》られてしまう。いつものように動きながら、左馬介は目の隅で用心桶の陰にいる男を観察した。

隣家との間の路地ということは、分銅屋だけでなく隣家も見張れる。分銅屋の裏木戸を挟んで隣には、米屋があった。さすがに分銅屋ほどの分限《ぶげん》はないが、浅草でも大きいほうに入る。

「ふっ、分銅屋というより、拙者か」

歩き出した左馬介に従って、影が動く。左馬介から気づかれない位置へと身体を動かしているのだが、己の影まで気が回っていない。

「ふあああ」

少々わざとらしいかと思いながらも、左馬介は大きなあくびをして見せた。

「侮《あなど》ってくれれば、助かる」

用心棒というのは攻めではなく、守りである。

「あのていどなら、二人もいれば十分だ」

「やる気がなさ過ぎる。分銅屋の用心棒は飾りだぞ」

油断してくれれば、勝機は生まれる。

「……………」

一周せず、左馬介は店の表からなかへと戻った。

「おや、先生」

帳場に腰掛けていた番頭が怪訝《けげん》な顔をした。

「………」

無言で手を伏せるように動かし、左馬介が番頭を抑えた。

「ご苦労さまです」

了解したと番頭が首肯した。

そのまま、左馬介は分銅屋仁左衛門のもとへと急いだ。

「お昼ご飯出来てますよ」

「後でいただく」

途中で声をかけてくれた喜代に手をあげて、左馬介は分銅屋仁左衛門の部屋に着いた。

「主どの」

「諫山さま、どうかなさいましたか」

左馬介の口調から、すぐに分銅屋仁左衛門が異変を察知した。

「御免」

襖《ふすま》を開けた左馬介が、部屋のなかに入った。

「今、裏木戸から……」

左馬介が不審な見張りのことを語った。

「……ふうむ」

分銅屋仁左衛門が腕を組んだ。

「盗賊ですかね」

「あんな露骨な見張りをする盗賊なら、ありがたい」

左馬介が分銅屋仁左衛門の問いに、苦笑した。

「となると……加壽美さんのかかわりですかね」

「あの男のいた茶屋は潰れたと、先日、布屋の親分から報せがあったはず」

「ええ。少し、わたしも調べさせましたが、全滅らしいですな」

「全滅……」

淡々と言う分銅屋仁左衛門に左馬介が息を呑《の》んだ。

「もっともあの茶屋を出したときの金主《きんしゅ》はいるそうですが」

分銅屋仁左衛門が付け加えた。

「しかし、全滅とは」

左馬介が気にした。

「心《しん》の臓の発作だそうですよ」

原因のわからない傷などがない死人は、まず心の臓の発作で片付けられる。

「たしかに心の臓が止まれば死ぬのは違いないが……」

左馬介が困惑した。

「諫山さまにそんな器用なまねは出来ませんでしょう」

「出来んわ」

左馬介の得意技は、分銅屋仁左衛門からもらった重い太刀《たち》による殴打であった。

「これはここだけの話ですが……」

分銅屋仁左衛門が声を潜めた。

「加壽美さんを落籍させた旦那が、そっちのほうじゃないかと」

「そっちの……殺し」

思わず左馬介が大きな声を出した。

「お静まりを」

興奮した左馬介を、分銅屋仁左衛門がたしなめた。

「すまぬ」

左馬介が謝罪した。

「いいですよ。で、金主なんですがね。田仲屋と言いまして、もともとあまり評判はよくなかったようですが、帯久のことでもう一つ悪評が増えてしまったようで」

金貸しは下調べを怠らない。

「その悪評の一掃と、帯久に出した金を取り戻すつもりになったのかも知れません」

「それはわかるが、どうしてここに」

左馬介が首をかしげた。

「加壽美さんのかかわりでしょうなあ」

「……どういうことでござろうか」

嘆息《たんそく》する分銅屋仁左衛門に左馬介が問うた。

「加壽美さんを落籍したのが、わたしだと勘違いしたんでしょう」

「なぜ」

あり得ないと左馬介が驚いた。

「加壽美さんの家主ですからねえ。それに柳橋での落籍披露ですが、千両遣ったそうですよ」

「せ、千両……」

聞かされた左馬介が啞然《あぜん》とした。

「たかが芸妓一人に千両遣える。そんな豪儀な旦那を当然誰もが探すでしょう。うまく取り入れば、いろいろと便利になるでしょうからねえ」

「それでここを」

「おそらくですが」

左馬介の確かめに、分銅屋仁左衛門がうなずいた。

「しかし、金主は主どのではない」

「はい。いかに加壽美さんでも千両は出しませんよ。いいところ二百両」

「それでも二百両」

千両の五分の一だが、その金額は大きい。左馬介は一生かかってもそれだけの金を稼ぐことは出来なかった。

「腹立たしいですね」

分銅屋仁左衛門が眉間《みけん》にしわを寄せた。

「なにに立腹されておられるのか」

左馬介が訊いた。

「その金主ですよ。名乗りたくないから落籍披露にも顔を出さないし、加壽美さんを引き取ることなく、ほとぼりが醒《さ》めるまで長屋に置いたままにしている。そして、そのおかげでわたしが疑われている。千両も出せるならば、十分な備えをしてやればいい」

「つまりは、主どのを隠れ蓑《みの》にしている」

「人身御供《ひとみごくう》というほうが正しいかも知れません」

左馬介の言葉より分銅屋仁左衛門が悪いものを使った。

「もっとも、おとなしく身代わりになってやるつもりなんぞありませんが」

にやりと笑った分銅屋仁左衛門が、続けた。

「相手が金で来るなら、こちらも金で戦いますよ。この分銅屋仁左衛門を甘く見た利子はたっぷりといただきます」

「守りは任せてくれ」

分銅屋仁左衛門の決意に、左馬介も応じた。


村垣伊勢と馬場大隅は続けて二人の見張りを倒した。

「なかなかあきらめないな」

死体を担ぎながら、馬場大隅がため息を吐《つ》いた。

「あきらめがいいようなら、裏の稼業などすまい」

村垣伊勢が感情のない声で言った。

「たしかにの。では、捨ててくる」

馬場大隅が軽々と夜の町を駆けた。

「……ほう。船に人が隠れている」

船宿の見えるところまで来た馬場大隅は、すぐに気配を感じた。

「馬鹿ではなさそうだ」

死体を降ろして馬場大隅が隣家の屋根に飛び乗った。

「不寝番《ふしんばん》らしいのが、二階に一人。あとは隣家との辻に二人か。ふむ。となると、この二人は囮《おとり》だったと」

地面に放り出したままの死体に馬場大隅がちらりと目をやった。

「すべてを仕留めてもいいが、勝手なまねはいかん。伊勢に叱《しか》られるわ。死体を置き土産《みやげ》にして、今宵《こよい》は帰るか」

馬場大隅がそのまま消えた。

船を見張るのに集中していたからか、死体が見つかったのは翌日、朝日が昇ってからだった。しかも放り出された店、船宿の隣が表戸を開けて、そこに死体が転がっていたのだ。

「ひいいいいい」

向こう三軒両隣に聞こえるほどの悲鳴が、清々《すがすが》しかった朝をまがまがしいものにしてしまった。

「しくじったようですね」

やはり茶屋で待っていた播磨屋が、その悲鳴の意味を悟った。

「旦那さま」

女将が事情を把握して、報告にきた。

「気づかれた……一流どころをそろえたつもりだったのだけど」

死体のことを聞いた播磨屋が苦い顔をした。

「囮が無駄になった……まあ、使い捨ての連中ですからいいですが」

「どうなさいます」

女将が対応を訊いた。

「死体《ほとけ》さんは知らん顔をしておきなさい。私たちとのかかわりは探ったところで出てきません」

「はい」

播磨屋の指示に、女将が納得した。

「……問題はどうするかですねえ」

「芸妓だった女でございますか」

「違うよ。分銅屋さ」

問うた女将に播磨屋が首を横に振った。

「一度、会ってみますか、分銅屋と」

播磨屋が呟くように言った。

三

若い男が分銅屋を訪れた。

「畏れ入りまするが、こちらの主さまとお目にかかりたいと当家の主が申しておりまする。そちらさまのご都合に合わせますので、なにとぞよしなにお願いをいたしまする」

「これはごていねいに。当家の番頭でございまする。主の都合を聞いて参りまするゆえ、少しお待ちを。失礼ですが、そちらさまのお名前は」

「主は船宿を営んでおりまする播磨屋彦左衛門《ひこざえもん》、私はそこの奉公人で卯助《うすけ》と申しまする」

「承《うけたまわ》りました」

　名乗りを聞いた番頭が一礼して、奥へ入った。

「旦那さま」

「どうしたい」

　分銅屋仁左衛門が見ていた帳面から顔をあげた。

「商談をご希望の方がお見えに……」

　番頭が述べた。

「その使いのお人はどうだい」

「お若いのですが、きちっとなさってます。よほどしつけが行き届いているのではないかと」

「そうかい。なら、今日の昼過ぎにお願いしますと」

　番頭の感想を聞いた分銅屋仁左衛門が告げた。

　借金の申しこみは早いほどありがたい。金というものは、置いておいても増えないが、借金は一日でも利子が付く。世のなかでもっとも利子が高いとされている烏金《からすがね》、朝金を借りて、夕方烏が鳴くと一割の利子が付くものなぞ、一日遅れるだけで二割増える。

「へい」

番頭が伝えに戻った。

「……ありがとうございました。のちほど主が参りまする。その節はよろしくお願いいたします」

若い奉公人が礼を述べて帰っていった。

「諌山さま」

番頭から応諾の返答を聞いた分銅屋仁左衛門は、隣室で待機している左馬介を呼んだ。

「なにかの」

「まだ見張りは付いてますか」

顔を出した左馬介に分銅屋仁左衛門が確認した。

「……見てこよう」

左馬介が真剣な表情で腰をあげた。

いつものように左馬介は、裏木戸から出た。見張りは毎日、見張る場所を変えていたが、そうそう都合のよいところがあるわけもなく、三日ごとに同じ物陰を繰り返していた。

「今日は、辻隅の灯籠《とうろう》陰のはず」

左馬介は、さりげなく裏木戸から出たところで、見張りの目を探した。

「いない。あちらも、用心桶の陰にも」

念入りに確認した左馬介は、息を呑んだ。

「どうして気づいたんだ、主どのは」

左馬介は怪訝な顔をしたまま、分銅屋仁左衛門のもとへ戻った。

「……消えてましたか」

入ってきた左馬介の表情を見た分銅屋仁左衛門が苦笑した。

「どうして気づいたのだ」

左馬介が思わず尋ねた。

「いえね、先ほど新規のおつきあいをというお話がありましてね。この時期に新規、それもご紹介者なしというのは、お武家さま以外では久しぶり。でまあ、少し気になったということですよ」

分銅屋仁左衛門は金貸しをしているが、大口しか相手にしない。個人に百両とかを貸すことはほとんどなく、武家以外の客はまず数千両から数万両という金を商いのために借りに来る。当然、まったくの新規客にそんな大金を貸すわけはなく、実績のある紹介者なしでは、会うことさえしなかった。

「それだけで……」

「当たったわたしのほうが驚きたいくらいで」

目を大きくした左馬介に、分銅屋仁左衛門がふたたび苦笑を浮かべながら、やってきた若い使いの奉公人について述べた。

「紹介者がいない以外でおかしなところはないと思うが」

一層左馬介が悩んだ。

「よく出来過ぎていたからですよ。その使いの者が」

「出来過ぎていてどうして……」

「おわかりになりませんか。若い奉公人をそこまで教育出来る店主が、商いの常道でもある紹介者なしでいきなり面談を求めてくるはずなどありません。つまり、店主は普通の商人ではない」

「ううむう」

分銅屋仁左衛門の推測を聞いて左馬介が唸《うな》った。

「船宿をやっているなら、奉公人のしつけはいたしましょう。でなければ、いい客を摑むことは出来ませんから。ですが、商人同士の遣《や》り取りの経験は薄い」

「船宿なら、客に商人が多いだろう。それに客の紹介で新規の客を受け入れることもあると思うが」

　左馬介が疑問を口にした。

「船宿や茶屋の紹介は、口頭が多いのですよ。ですが、金を借りるときの紹介は、口頭では信用されません。添え状があるか、あるいは紹介者付きで一度来店されるか。これが常識というもの。ああ、もちろん、本人が名の知れた方の場合は別ですよ。わたしでも日本橋の越後屋さんにどなたのご紹介でとは訊きませんから」

　分銅屋仁左衛門が答えた。

「あとはまあ、用心の癖が付いたからでしょう。田沼さまとおつきあいするようになってから、面倒に巻きこまれてばかりいますからね」

「すまぬ」

　ため息を吐いた分銅屋仁左衛門に左馬介が詫《わ》びた。

「いやいや、諫山さまのせいじゃございませんよ。もとは、わたしです。わたしというより……」

　分銅屋仁左衛門が庭の蔵に目をやった。

「あそこに寝ている金が、招いたこと」

「金かあ」

左馬介も振り向いて、蔵を見た。

「金は魔物と言いますが、まさにそのとおりでございますな。もとは山を掘って出てきたものですが、それが人を惹《ひ》きつけてやみません。金を得るために親が子を売り、子が親を追い出す」

「……………」

分銅屋仁左衛門の話を、左馬介は無言で聞いた。

「まさに金が恨みの世のなかというやつです。それがわかっていながら、人は相変わらず金を欲しがる。千年経《た》とうが、二千年経とうが、こればかりは変わりません」

「金があれば、なんでも出来るからだろう」

左馬介が口を開いた。

「天女のような吉原の太夫《たゆう》でも、一枚絵になる芸妓でも思うがままに出来る。天下の珍味も喰《く》らい放題、銘酒も飲み放題、城のような屋敷に住むことも出来る」

「やりたい放題出来ると」

「ああ」

念を押すような分銅屋仁左衛門に左馬介が首を縦に振った。

「身体に悪そうですな」

「乱淫《らんいん》、暴食、酒毒《しゅどく》……たしかに寿命は短そうだ」

笑った分銅屋仁左衛門に左馬介も苦い嗤《わら》いを浮かべた。

「金は毒」

分銅屋仁左衛門が断じた。

「どれほどの金を持っていても、死んでまで持ってはいけません。また、命は買えません。たしかに医者にさえかかれない長屋の住人たちよりも長くは生きるでしょうが、老いと寿命はかならず来ます」

「不老不死は、秦《しん》の始《し》皇帝《こうてい》でも叶《かな》わなかったというからの」

左馬介が首を左右に振った。

「金は万能ではございません。それをわかっていても金に執着する。諫山さまはなぜだと思いますか」

真顔になって分銅屋仁左衛門が左馬介へ問うた。

「万能ではないとはいえ、金がなければ出来ないことは多いからであろう。明日の米も金がなければ手に入らない」

「さようで。さすがは諫山さま。苦労をなされてきただけのことはございますな」

「妙な褒《ほ》めかたは勘弁してくれ」

左馬介が困惑した。

「これは失礼を」

分銅屋仁左衛門が頬を緩《ゆる》めながら、頭を軽く下げた。

「なぜ、金を欲しがるか。それは金が力だからです」

「力……」

「はい。金こそ力、言いかたを変えましょうか。金は武力なのでございますよ」

「金が武力……」

左馬介が驚愕《きょうがく》した。

「何百年前かは忘れましたが、織田信長《おだのぶなが》さまが尾張《おわり》半国の領主から天下に手の届くところまでいかれたのは、もともと津島《つしま》という湊《みなと》を持っておられたこと、そして上洛《じょうらく》されてすぐに堺《さかい》という天下の交易地を手に入れられたこと。この二つの湊からあがる交易の利は織田さまの戦《いくさ》を支えた。かの武田家を下した長篠《ながしの》の戦いは、金のあるなしが勝負を決めました。金持ちだった織田さまは高価な鉄炮《てっぽう》を揃《そろ》え、近づかれる前に武田《たけだ》の将兵を討ち果たしました。その織田さまが天下を目前にして明智光秀《あけちみつひで》の謀叛《むほん》で亡くなられた後を継いだ豊臣秀吉《とよとみひでよし》公も金を重視された、さすがに黄金の茶室はやり過ぎだと思いますがね」

「金の茶室……一度は見てみたいの」

左馬介がしみじみと言った。

「金の茶室などという愚かなものを造るほど、豊臣秀吉公は金持ちだった。その金で天下を獲《と》った」

分銅屋仁左衛門が述べた。

「しかし、豊臣秀吉公が死に、関ヶ原で負けた豊臣家は、日本一の金持ちの座から滑り落ちた」

「豊臣が持っていた金を徳川さまが奪ったことで、天下も手中に出来た」

左馬介がうなずいた。

「徳川さまが天下一の金持ちになられた。しかし、それも三代将軍家光《いえみつ》公さままで。家光さまは金の遣いかたはご存じでしたが、稼ぎかたはご存じなかった」

分銅屋仁左衛門が大きく息を吐いた。

「どれほど金があろうとも、遣うばかりで稼がなければ、いずれ金蔵の底が見えてくる。八代将軍吉宗公が江戸城に入られたとき、御上《おかみ》に金の蓄えはなく、借財ばかりであったとか」

「御上が借財を……」

左馬介が驚愕した。

「形としては借財ではなく、運上《うんじょう》となってますがね。返さなくてもいいとはいえ、金を借りたのと同じ。つまりは御上も年貢だけでやっていけなくなった」

「なるほど。それで先代吉宗公は倹約を唱えられたわけだ」

分銅屋仁左衛門の説明に、左馬介が手を打った。

「おそらく吉宗さまは、年貢だけで御上が回るようになされようとお考えになられたのでしょうが……」

「届かぬと」

首を左右に振った分銅屋仁左衛門に左馬介が応じた。

「英邁《えいまい》な将軍さまではありましたが、吉宗さまもやはり武家。金を稼ぐというところまではお考えが及ばれなかった。いや、わかってはおられたのでしょうが、そこまで手が回らなかった。まずは水漏れを止めなければ、いくら稼いでも流れ出ていくだけでは意味がございません」

「雨漏りを先に直さねばならぬ……か」

左馬介が目を閉じた。

「その雨漏りを直したところで、吉宗さまのご寿命が切れた。さぞかしご無念でありましたでしょう」

「であろうなあ」

分銅屋仁左衛門の感慨に左馬介も同意した。

「ゆえに吉宗さまは、田沼さまに後を託された」

「武士の執着を米から引き離し、金に代える」

「はい」

左馬介の言葉に、分銅屋仁左衛門が首を縦に振った。

「言いかたを変えれば、ようやく武家のなかにも金の力が武に勝ると気づく方が現れてきたということでもありますがね」

分銅屋仁左衛門が唇の端を吊《つ》りあげた。

「どこまで行けるのか、田沼さまも意志半ばにして倒れるのか。神ならぬ身、誰にもわかりはしませんが、なにもしないでいて、ほら見ろ、やっぱりしくじったではないかと嘲笑《あざわら》うような愚物《ぐぶつ》にはなりたくありません」

「なるかならぬか、傑物《けつぶつ》なのか愚物なのか、そんなものはわからぬし、わかろうとも思わぬでな。吾《われ》はただ分銅屋どの、生活の糧《かて》をくれる主どのに従うだけ」

決意を表した分銅屋仁左衛門に、左馬介は一蓮托生《いちれんたくしょう》だと応えた。

四

播磨屋彦左衛門は、朝方使者に立てた若い男を連れて、約束どおり昼を過ぎたころに訪れてきた。

「お約束をいただいた播磨屋でございまする」

「これはどうも。お待ちしておりました。すぐに主を呼んで参りますので、しばし、こちらで」

腰を折った播磨屋に、番頭が上がり框《かまち》を示し、奥へと入っていった。

「播磨屋さまがお見えでございまする」

「そうかい。上《かみ》の客間へご案内なさい。すぐに行きます」

「上の……はい」

一瞬目を見張った番頭だったが、すぐに対応した。

「では」

上客だと分銅屋仁左衛門が言ったも同然なのだ。番頭が足早になったのも当然であった。

「話が外に聞こえないようにか」

左馬介は正確に分銅屋仁左衛門の意図を汲《く》んでいた。

「ええ。まちがいなくもめ事になるでしょうからね。今回は最初から同席してくださいな」

「いいのかの」

用心棒を連れてきたというのは、相手を信用していないというのと同義であった。

「かまいません。そもそも決裂するつもりですし」

分銅屋仁左衛門が言い切った。

「久しぶりにこいつの出番か」

帯に差してある鉄扇《てっせん》を左馬介が、愛《いと》おしそうに撫でた。

「太刀は室内で使いにくいですかね」

「いや、わざと太刀を遠くに離そうと思っている。そうすれば、少しは油断してくれるだろう」

分銅屋仁左衛門の懸念《けねん》を左馬介が否定した。

「油断してくれればいいですが」

「不安にさせないでもらいたいな。拙者なりに考えたのだから」

左馬介が皮肉げな顔をした分銅屋仁左衛門にため息を吐《つ》いて見せた。

「ご案内いたしました」

そこへ番頭が報告にきた。

「ご苦労だったね。こっちから声をかけるまで、決して誰も近づいてはいけませんよ」

「お茶は」

「不要です」

確認した番頭に、分銅屋仁左衛門が首を横に振った。

「……承知しました」

上の客間に通すほどの相手に、湯茶の接待をしない。分銅屋仁左衛門の指示の矛盾に少し戸惑った番頭が首肯した。

「参りましょう」

「おう」

分銅屋仁左衛門とともに左馬介が腰をあげた。

上の客間は大名家の家老、江戸の大店の主などを迎えるために設けられた最上級の部屋になる。畳はいつもきれいな状態を保つように頻繁《ひんぱん》に表替えされており、襖絵も名の知れた絵師の手による。

「赤絵の壺《つぼ》かい」

床の間に飾られている両手で抱えられるほどの小さな壺を見た播磨屋が驚愕した。

「すごいものなので」

「三九郎《さんくろう》、これは清《しん》がまだ宋《そう》と言っていたころの陶器でね、今残っているものはそうないと聞いている」

「いくらくらいするものでしょう」

こういった骨董《こっとう》は来歴を聞かされるより、値段を知らされるほうが値打ちをわかりやすくしてくれる。

「千両はくだるまい」

「……千両」

播磨屋の値付けに三九郎と呼ばれた若い男が絶句した。

「それを堂々と客間に置いている。これを持って逃げられるとは思っておらぬのだろう。行儀のいい者ばかり相手にしてきたのか、それとも肚《はら》が据わっているのか」

「いえ、逃がさないからでございますよ」

あきれを含んだ播磨屋の感想に、分銅屋仁左衛門が割りこんだ。

「…………」

主の悪口とも取られないことを話していたのだ。さすがの播磨屋も口をつぐんだ。

「ようこそのお出《い》ででございまする。当家の主、分銅屋仁左衛門でございまする。これなるは奉公人の諫山と申すもの。お話を聞かせていただく都合上、同席をさせまする」

「諫山左馬介でござる」

分銅屋仁左衛門と左馬介が揃って頭を下げた。

「これは、ご挨拶《あいさつ》をいただきいたみいります。遅れました、大川端で船宿を営んでおりまする播磨屋彦左衛門、これは供の三九郎」

「三九郎と申しまする」

余計なことを言わないのも奉公人の礼儀であった。

「承りました」

分銅屋仁左衛門が、もう一度軽く頭を下げた。

「用に入る前、一つお伺いしても」

「どうぞ」

播磨屋の求めに、分銅屋仁左衛門がうなずいた。

「先ほど逃がさぬと仰せられましたが……」

「申しました。おわかりでしょうが、ここは店のもっとも奥、表に出るには二度角を曲がっていただかなくてはなりません。なにより、お客さまをお帰しするときには、かならずわたくしがお見送りをいたします。もし、お一人で店まで戻られたら、奉公人どもがお留めします」

言いながら、分銅屋仁左衛門がちらと左馬介を見た。

「なるほど、そちらさまは用心棒だと」

「…………」

確かめる播磨屋に分銅屋仁左衛門は、無言でほほえんだ。

「ご用件を承りたく」

分銅屋仁左衛門が播磨屋を促した。

「他人《ひと》払いをお願いいたしたく」

「ご無用に願いまする」

播磨屋の要望を、分銅屋仁左衛門が一蹴《いっしゅう》した。

「よろしいのですかな。分銅屋さんのご身代にかかわる話でございますが」

左馬介を見ながら播磨屋が念を押した。

「そちらのご奉公人さまはどうなさいます」

「…………」

分銅屋仁左衛門に三九郎のことを言われた播磨屋が黙った。

「同じ理由でございますよ」

互いに相手を信用していないと分銅屋仁左衛門が笑った。

「わかりましてございまする」

播磨屋が引いた。

「では、用件をお聞き願いましょう」

「はい」

播磨屋と分銅屋仁左衛門が正対した。

「分銅屋さんは、どなたとつきあいがおありで」

「はて、どなたと言われましても、商売のお相手となりますと数百をこえますが」

「とぼけるのはおやめいただきたい。裏のおつきあいのことを伺っておりまする」

首をかしげた分銅屋仁左衛門に、播磨屋が切りこんだ。

「裏……つきあいはございません。わたくしは真っ当な商売をいたしております」

分銅屋仁左衛門が首を横に振った。

「肚《はら》割って、話をしましょうや」

しびれを切らした播磨屋の態度が変わった。

「ようやく本性を出されましたか」

分銅屋仁左衛門が変わることなく応じた。

「まさかと思ってたが、おまえが裏を」

「冗談でもやめてもらいましょう。わたくしは諸国大名家出入りの両替商でございますよ。そんな噂が立っただけでも大迷惑」

睨《にら》みつける播磨屋に分銅屋仁左衛門が声を鋭くした。

「証拠がある。柳橋の芸妓加壽美を落籍しただろう」

「まったく……」

身を乗り出した播磨屋に分銅屋仁左衛門があきれた。

「誰も彼も、加壽美さんとわたくしの仲を邪推されますがね。まったくの濡《ぬ》れ衣《ぎぬ》で」

「嘘《うそ》を吐くな」

「わかりませんか。わたくしは両替商と金貸しを生活の糧としておりまする。両替で小銭を持ちこむその日暮らしの小商い、借金を払えず夜逃げした一家、首を吊った者、川に身を投げた者、金で苦労した者を嫌というほど見て参りました。金の苦労を知っている。そのわたくしが惚《ほ》れた女のためだからといって、なに一つ見返りのない落籍披露に千両もの金を出すと」

　分銅屋仁左衛門が言い切った。

「加壽美という女にそれだけの値打ちがある」

「言っていて、むなしくないですかな」

　播磨屋の言いぶんに分銅屋仁左衛門があきれた。

「逆にお訊きしますが、播磨屋さんだったら、出しますか千両」

「千両はない」

「なら言いかたを変えましょう。千両出せば、加壽美さんを手に入れられる。頑張って稼ぎますか」

「いいや」

　播磨屋が分銅屋仁左衛門の問いに首を振った。

「千両を稼ごうと思えば、相当な無理をしなければならぬ」

「でございましょう」

　分銅屋仁左衛門が同意した。

「おわかりいただけましたか」

「なら、加壽美の旦那は誰だ」

「こっちが知りたいですね。迷惑をこうむっていることを面罵《めんば》してやりたく思ってますよ」

詰問するような勢いの播磨屋に分銅屋仁左衛門が告げた。

「どうだ。調べてもいいが」

播磨屋が分銅屋仁左衛門に誘いをかけた。

「……やめておきましょう」

「なぜだ」

ちょっと考えて首を左右に振った分銅屋仁左衛門に播磨屋が怪訝な顔をした。

「無駄金は遣いたくありませんから」

「役に立たないと」

「はい」

少しいらついた播磨屋に分銅屋仁左衛門が首を縦に振った。

「役に立たないとは、どこを指している。仕事を見たこともないくせに」

「諫山さま」

嚙《か》みついてくる播磨屋に、分銅屋仁左衛門が辟易《へきえき》した顔で左馬介に託した。

「用心桶の陰、辻灯籠の裏、路地の出口」

「なんだ」

左馬介の発言に播磨屋が困惑した。

「……旦那さま」

三九郎が顔を青くしていた。

「どうした……まさか」

「おぬしの面《つら》も見た気がするの。昨日だったか」

播磨屋が気づいたのを左馬介が後押しした。

「こいつっ」

嗤《わら》われた三九郎が、懐に呑んでいた匕首《あいくち》を抜きながら、左馬介へ飛びかかった。

「ふん」

左馬介が鉄扇を手にして、突き出した三九郎の右手首を叩《たた》いた。

「があっ」

手首を叩き折られた三九郎が、匕首を落としてわめいた。

「扇子で手首を……」

播磨屋が唖然とした。

「くそっ、くそっ」

左手で右手を抱えながら、三九郎が左馬介を蹴ろうとした。

「……えいっ」

蹴りあげた足を摑んだ左馬介が、ぐいっとひねった。

「ぎゃああ」

足をひねられたときは逆らわず、そのひねりの方向に身体ごと付いて回るのが正解であった。こうすれば、回り切った左馬介の腕には余裕がなくなり、逃げ出すことも簡単であった。なにより逆らわないので、足を傷めることはなかった。

しかし三九郎は左馬介の力に反発しようとした。

「……………」

左馬介が三九郎の左足を抱えたままひねるようにして落とした。

「足まで折ると帰りに困るだろう」

言いながら、三九郎の首を右足で踏みつけた。

「ぐえっ」

息が出来ない三九郎がうめいた。

「てめえ」

「おやめなさい」

正体を出して立ちあがろうとした播磨屋を、分銅屋仁左衛門が制止した。

「なんだとっ」

「裏のお人も何人か知ってますが……少しましかと思ったのはまちがいだったようですね。本性は同じですか」

「…………」

播磨屋が苦々しい顔で腰を下ろした。

「諫山さま」

「うむ」

分銅屋仁左衛門に言われて、左馬介が三九郎の上から退いた。

「室内で用心棒に喧嘩《けんか》を売るのはやめたほうがいい。用心棒は店を守るのが仕事だ。室内での戦いには慣れている」

左馬介がまだ喉《のど》を押さえて寝転がっている三九郎に忠告した。

「いくらもらっている」

不意に播磨屋が左馬介に訊いてきた。

「一日一分と長屋の家賃、三食だな」

「安いな。どうだ、儂《わし》のところへ来ぬか。日割りではなく、月に十両だそう。もちろん、住むところも身の回りの世話をする女も用意する」

「わたしの前で堂々と引き抜きですか」

分銅屋仁左衛門があきれた。

「こちらの渡世も、人不足なのでな。いいと思えば、声をかけるのは当然のことだ」

播磨屋がうそぶいた。

「それはわかりますな。もっともこちらは引き抜きでなく、小僧のときから鍛えて生え抜きに育てるのですが」

「まさか、その用心棒も育てあげたわけではあるまい」

分銅屋仁左衛門の言葉に播磨屋が嘲笑った。

「育てられたというのは、たしかだな。もとは日雇い浪人だったのだ。一日二百八十文ほどもらって普請《ふしん》場で働いていた」

「何年前の話だ」

「まだ一年にならぬ」

目つきを変えた播磨屋に左馬介が答えた。

「一年でそれか」

「よく襲われますので」

驚く播磨屋に分銅屋仁左衛門がなんでもないことのように返した。

「その面だと、人を殺したこともあるな」

「……………」

播磨屋の断定に左馬介は無言を貫いた。

「月に十五、いや二十両だそう」

破格の待遇で播磨屋が左馬介を誘った。

「播磨屋どのであったか。この身を高く評価していただくのは、まことにうれしいのだが、吾は犬でな」

「犬……」

左馬介の言いたいことがわからないのか、播磨屋が不思議そうに首を傾けた。

「三日飼われれば、恩を忘れぬ」

「……馬鹿だな。こちらに来れば、金と女に不自由はせずともすんだものを」

胸を張った左馬介に、播磨屋が嘆息した。

「金と女……夢は」

「夢……なにを寝ぼけたことを」

左馬介の問いに播磨屋が鼻先で嗤った。

「さて、御用は終わりましたな。お帰りをいただきましょう」

「待て。加壽美とのかかわりはないのだな。ならば、誰があの女を守っている」

さっさと去れと言った分銅屋仁左衛門に、播磨屋がまだ用はあると言った。

「守っている……」

なんのことだと分銅屋仁左衛門が戸惑った。

「知らぬのか。あの女の見張りに付けていた配下が四人やられた」

播磨屋にしてみれば、配下を殺されたということは、顔を潰されたも同じであり、なにより重要な話であった。すでに裏の顔を見せたのだ。播磨屋が分銅屋仁左衛門から聞けるだけのことを探ろうとするのは当然であった。

「それは……」

やられたの意味くらい分銅屋仁左衛門はわかっている。

「どこで見張っていた」

左馬介が口を出した。

「長屋の出入り口だ」

「……気づかなかった」

播磨屋の返答に左馬介が落ちこんだ。

「無理はございませんよ。一晩徹夜した後でしょう」

分銅屋仁左衛門が慰めた。

「まさか、おまえもそこに」

「ああ、加壽美どのとは同じ長屋だ」

わざわざ隣だと教えてやる意味はない。左馬介は詳しいことを言わず、認めた。

「……………」

「おいおい、拙者を疑うなよ。夕方から翌日の昼あたりまで、分銅屋仁左衛門どのの店の見張りをしているのだ。とても外をうろつく暇などないわ」

じとっとした目で見つめる播磨屋に、左馬介が手を振った。

「なにかわかったら、報せてくれ。礼はする」

まだ歩きにくそうな三九郎のため、町駕籠《まちかご》を呼んで播磨屋が去っていった。

「諫山さま」

「もう一組かかわっていると……」

分銅屋仁左衛門に言われた左馬介がため息を吐いた。

「これではっきりしましたね。播磨屋の配下を四人、見事に片付けてみせる者を抱えている。あるいは雇えるだけの伝手《つて》を持つ」

「手出しをしないというわけには……」

「いきませんねえ。分銅屋仁左衛門をなめるにもほどがあります」

左馬介が宥《なだ》めようとしたが、分銅屋仁左衛門の怒りは大きかった。

「いずれ、あのときの千両があれば……と嘆かせてやります」

分銅屋仁左衛門が宣言した。

「拙者は犬でござれば、主どのの敵に吠えつき、嚙みつくのが仕事」

左馬介も決意を口にした。

「頼みますよ」

「任せてくれと胸を叩きたいところだが、敵がわからぬのがな」

「たしかに……」

戸惑う左馬介に分銅屋仁左衛門もうなずいた。

「のう、主どのよ。先ほどの播磨屋は誰に頼まれて、加壽美どのを見張っていたのだろう」

ふと左馬介が疑問を口にした。

「それはおそらく田仲屋でしょうなあ」

そこまで言った分銅屋仁左衛門が考えこんだ。

「他に手がかりがない。ふむ、田仲屋を締めあげましょうか。ひょっとすれば帯久になにか手がかりがあるかも知れません」

「加壽美どのに直接訊くのは……」

「一番手っ取り早いですが、諫山さまは出来ますか」

分銅屋仁左衛門が村垣伊勢を尋問出来るかと問うた。

「……無理を言った」

左馬介が首を左右に振った。


加壽美こと村垣伊勢が田沼意次のもとに報告をしていた。

「ほう、そなたを狙う者が」

「まず私を掠《さら》おうとしていた田仲屋のかかわりかと存じまするが」

驚いた田沼意次に、村垣伊勢が続けた。

「四人は大川端の船宿播磨屋の手下でございました。最初の二人はそこそこでしたが、次の二人はまったくの役立たずと言える者で、おそらくは私どものことを探ろうとしたのではないかと」

「出来の悪いのを囮《おとり》にするとは、その播磨屋というのはなかなか切れそうだな」

「一度お召しになりまするか」

臨席していた井上伊織が問うた。

「いや、闇の力、裏の強さは魅力だが、それと繋がるのはまずい。こちらも手を染める覚悟が要る」

田沼意次が首を横に振った。

「これから余は、公方さまのお側《そば》で上へといかねばならぬ。今の地位では、金の力を大名、旗本に報せるだけ、それも余に尾を振る者に限定されるていどじゃ」

お側御用取次の力は強くとも、政へ直接手出しは出来なかった。

「執政《しっせい》にならぬ限り、先代さまのご遺命である、米を金に代えることは叶《かな》わぬ。とはいえ、六百石の小納戸から老中へというのは遠い。金もかかるが、なによりもときがかかる。そして、出世すればするほど、他人のやっかみを受ける」

大きなため息を吐いた。

「今でも目付の一部は余を目の敵《かたき》にしておる。少し頭を叩いてやったゆえ、おとなしくしておるがの。いずれまた立ち塞《ふさ》がろうと出てくる。あやつらは我らこそ正義と思いこんでいるから始末に悪い」

村垣伊勢が吐き捨てた。

「愚かな者が」

田沼意次は吉宗の遺命に従っているだけと知っている村垣伊勢が吐き捨てた。

「広くものを見られぬ者はそのていどでしかない。あやつらは明日幕府が倒れると知っていても、礼儀礼法を監察していよう」

あきれながら、田沼意次が述べた。

「そんなやつらに、わざわざ失脚の理由を一つ増やしてやらずともよかろう。余は闇を近づけぬ。その代わりをそなたらに求める」

「身命を賭《と》しまして」

村垣伊勢が平伏した。


〈つづく〉

本書は、ハルキ文庫のための書き下ろし作品です。

時代小説文庫
う 9-13

日雇《ひやと》い浪人生活録《ろうにんせいかつろく》㊉三 金《かね》の妬《と》心《しん》

著者 上《うえ》田《だ》秀《ひで》人《と》

2022年5月18日第一刷発行

発行者 角川春樹

発行所 株式会社 角川春樹事務所
〒102-0074 東京都千代田区九段南2-1-30 イタリア文化会館

電話 03(3263)5247[編集] 03(3263)5881[営業]

印刷・製本 中央精版印刷株式会社

フォーマット・デザイン＆シンボルマーク 芦澤泰偉

ISBN978-4-7584-4481-1 C0193

http://www.kadokawaharuki.co.jp/[営業]
fanmail@kadokawaharuki.co.jp[編集] ご意見・ご感想をお寄せください。